Sonya
ソーニャ文庫

魅惑の王子の無自覚な溺愛

八巻にのは

JN201063

イースト・プレス

contents

プロローグ

亡き母がかつて暮らした小さな庵《いおり》から、彼はその国をぼんやりと眺めていた。

手を広げれば抱え込めそうなほど小さな国は、穏やかな入り江を囲うように広がっている。あかね色の瓦《かわら》屋根と青い海とのコントラストは鮮やかだが、取り立てて目立つ建物はなく、国と言うよりは街のようだ。

彼が今いる宮殿群も、彼の祖国で見た王城と比べればあまりに小さく質素だった。

だが小さいが故に、その国は長い間戦争に巻き込まれることもなく、とてものどかな時間が流れていた。

だからこそ、その中に自分がいることが彼はまだ信じられない。それどころか居心地の悪さすら感じ、なぜ自分がここにいるのかと、途方に暮れたような気持ちにもなる。

「ここが、今日から君の家だ」

そんな彼に、一人の男が柔らかな笑顔を向けた。

「過去は忘れて、君はここで暮らせ。そしていつか、愛する人を見つけて幸せになれ」

まだ聞き慣れぬ異国の言葉で語りかけられ、彼は戸惑う。少し悩み、おずおずと口を開いた。

「俺は……私は……たぶん、人を愛せません」

つたない発音になったが、彼は強い口調で告げた。男は笑い、彼の頭を撫《な》でる。

「断言するには早い。やってみなければわからないだろう」

「わかり…ます。私は……人を愛せない」

なぜなら、自分に優しく声をかけてくれるこの男にも、何の情も湧かないからだ。

(情だけではなく、俺の中にはもう……人間らしい心は何も残っていない)

そんな思いでぼんやり景色を見ていると、男がもう一度彼の頭をくしゃりと撫でた。

「まあ確かに、人を愛するのは難しいな」

男は、彼の心に広がる虚《うつ》ろを理解している様子で、寂しげに眉《まゆ》をひそめる。

だがすぐ笑顔に戻ると、彼の肩をがしっと抱き寄せた。

「ならもう少し、小さなものからにしよう」

「ちいさなもの？」

「人が無理なら、猫から始めてみるのはどうだ？」

「ねこ？」

「ああ、ちょうど家の近くで捨てられているのを拾ってな」

首をかしげると、男は我ながら名案だと自画自賛《じがじさん》する。

どこが名案なのか、そのときの彼にはよくわからなかったが、男の満足げな笑顔だけはずっと頭に残っていた。


時は経ち、男と交わした会話を忘れた頃、彼――デイモン＝トーレ＝スカーナは一匹の猫と出会う。

その猫は、彼に混乱と戸惑いと、初めての恋をもたらすのであった。

第一章

リリアナ＝サンティーニは、生まれたときから間の悪い娘だった。

普通の赤子よりもずっと早くに母の腹から出たいと騒ぎ、家族は大変だったらしい。陣痛《じんつう》が始まった日、リリアナの祖国『スカーナ国』は歴史的な豪雨に見舞われ、産婆が屋敷にたどり着けなかった中での出産であった。

母子ともに問題なく出産を乗り越えられたからいいものの、リリアナの誕生日が来るたび『あのときはどれほど大変だったか』と家族にため息をつかれる有り様である。

それだけであればまだ笑い話ですむが、リリアナの間の悪さは年を追うごとにひどくなり、十七年で更に磨《みが》きがかかっていた。

気まずい状況に遭遇《そうぐう》したり、大事なときに限って驚くほどの出来事が起こったりするのは日常茶飯事。その上、慌てすぎると更なる失敗を重ねる傾向があり、突発的なことに上手く対処できず、事態をややこしくしてしまうのが常である。

そして今この瞬間も、彼女はひどく間の悪い状況に陥《おちい》っている。

「……何か用か？」

薄暗い倉庫の中で、リリアナが対面しているのは息を呑むほどの美丈夫である。

男は、この国の男にしては珍しく髪が長かった。長身でしっかりとした体形なので女性に間違われることはないだろうが、凛々《りり》しい顔を彩る美しい髪からは独特の色気が溢れていて、リリアナは言葉を失ってしまう。

「君は、侍女か？」

低く美しい声で問いかけながら、男は腕に抱いていた女性をソファにそっと横たえた。

女性の方は気を失っているようだが、乱れた服装から明らかに行為のあとだとわかる。

「あ、あの……声が聞こえて……それで……」

予想外の出来事に頭が真っ白になり、リリアナは上手く言葉を紡《つむ》げない。

本当は、『悲鳴のような声が聞こえたから、困っている人がいるのかと思い、部屋に入ってしまった』と言いたいが、慌てると舌がもつれるくせがあり、正しい説明は何一つできなかった。

かわりに「あのっ」とか「えっと」などと意味もない言葉を繰り返していると、男はシャツを着て床に落ちていた上着を掴み上げたあと、リリアナをじっと見つめてきた。

「……ちょっと、頼みがある」

そして、あろうことか近づいてきた。

慌てて後退したが、あっという間に壁際まで追い詰められた。

逞《たくま》しい腕で退路を塞《ふさ》がれ、リリアナは泣きそうな顔で男を見上げる。

すると男は、驚いたように息を呑み、腕に抱えていた上着から何かを引っ張り出す。

「これを、つけてくれないか」

そう言って差し出されたのは、不思議な形状の装飾品だった。

頭につける髪飾りのようだが、なぜか猫の耳を思わせるふわふわした物がついている。

「あの、こ、コレは……」

「つけてくれ」

「わ、私がですか？」

「君の他に誰がいる」

確かに、この男がつけると、ものすごくおかしなことになるだろう。

だが自分がつけても滑稽《こっけい》なのでは……と戸惑っていると、男の腕がリリアナに伸びてくる。

突然のことに驚き、思わず目を閉じた直後、頭部に不思議な感触がのった。

「素晴らしい」

顔のすぐ側でこぼれたのは、感嘆の声だった。

その声につられて恐る恐る目を開けば、先ほどより少しだけ身体を引き、男はとても幸せそうにリリアナを見つめていた。

先ほどとはまるで違う穏やかな表情に、今度はリリアナの方が目を見張る。

近くで見ると、男の容姿の良さは際立っていた。僅《わず》かに乱れた髪の隙間から覗く瞳は美しいグリーンで、凛々しい顔立ちは優美さと男らしさを併《あわ》せ持つ完璧なものだった。

リリアナはつい彼に見とれてしまう。こんなにも素敵な男性をこれほど近くで見たことがなかった。

しかし、うっとりと見ていられたのはほんの少しの間だけだった。

突然、男はハッとしたように慌てて身を引いた。

「……帰る」

男は真顔に戻ると、素早くきびすを返し、足早に倉庫を出て行ってしまう。

その間「私としたことが」とか「いったい何をやってるんだ……」とブツブツつぶやく声が聞こえたが、彼のおかしな行動の意味がわかるような言葉は何一つなかった。

リリアナは、ソファに横たわる女性と共に倉庫に取り残された。

頭の上に猫の耳をつけたまま、彼女はただただ、男の去った扉をポカンと見つめることしかできなかったのである。

＊＊＊

リリアナの一日は、叔母である皇太后ミラルダの住む『クイエ宮』の西側の窓を開けることから始まる。

この窓開けこそ、リリアナに与えられた唯一の仕事だった。

リリアナは半年ほど前から、叔母の住むクイエ宮で行儀見習いをしている。

行儀見習い。それはスカーナ国に住まう貴族の令嬢たちが、一人前の淑女になるために避けては通れない道だ。

スカーナ国では十四歳になると、身分の高い貴族のもとに身を寄せ、そこで仕事をしながら作法や礼儀を覚えるしきたりがある。一人前だと認められ、はれて行儀見習いを卒業した者だけが、淑女として社交の場に出ることができるのだ。

一般的に、行儀見習いの期間は長くて一年。上手くすれば半年ほどで卒業できる者もいる。だがリリアナはこの行儀見習いにもう四回失敗しており、見習いを始めて三年も経ってしまっていた。

理由はもちろん、持って生まれた間の悪さと、それに付随《ふずい》するそそっかしさのせいだ。

なにせ道を歩いているだけで躓《つまず》き、転がり、そのまま何かをうっかり壊してしまうことが多いリリアナだ。

掃除をすれば調度品を壊し、食器を磨けば確実に割り、整えるはずの寝具やドレスは例外なく破ってしまうという有り様である。

そんなリリアナを少しでもまともにしたいと思った両親が、あえて厳格な貴族の家に送ったのも悪かったのだろう。

そういう家は夫婦関係が冷え切り、愛人などがいることが多かった。そして間の悪いリリアナは奥方と愛人の逢い引き現場に遭遇してしまうのである。

別に見たくて見ているわけではないし、私生活に踏み込むつもりもまったくないのだが、どういうわけか情事の現場に突っ込んでしまう確率が高い。

一度は見逃してもらえても、それが何度も続けば怒られ、最後は屋敷を追い出されてしまう。

そのせいでもう既に三人も婚約者に逃げられていた。淑女として認められたとしても縁談はなかなか来ないだろう。両親にも『次に失敗したら修道女になった方がいい』とさえ言われている。

そんな彼女を見限らず、面倒を見ようと言ってくれた者がいた。それが叔母であり皇太后でもあるミラルダだ。

ミラルダは、息子である第一王子の国王即位と同時に表舞台から退くと、八つある宮殿の一つ、クイエ宮で静かな生活を送りつつ、行儀見習いに失敗しがちな少女たちを集め、奉公させていた。

リリアナのように要領が悪い者だけでなく、身体や心が弱い少女たちも集め、淑女になれるように手助けをしている彼女は、辛抱強くとても優しい。

任される仕事も『部屋の空気を入れ換える』とか『シーツを整える』などといった簡単なものばかりなので、大きな失敗をすることもない。

何よりミラルダが常識的で慎《つつ》ましい女性であるおかげで、リリアナが修羅場に遭遇することもなく、今までは順調だった。

「なのになぜ、こんなことになるのかしら……」

ため息を溢し、リリアナは窓の取っ手に手をかける。

そこで彼女は窓ガラスに映る自分の姿と目が合った。

見習い用の質素な服を纏《まと》ったリリアナは、取り立てて目立つ美貌《びぼう》もない地味な顔立ちだ。その上今は疲労が色濃く浮かび、目の下にはクマもできている。

疲労の原因は、倉庫で出会ってしまったあの男だ。情事の現場に遭遇することはよくあるので慣れたつもりだったが、昨日のことはどうやっても頭から追い出せないでいた。

整いすぎた面差しと半裸が刺激的すぎて、昨日から何をしていても男のことが頭をよぎってしまう。

そのせいで眠れず、朝食のときもスープを溢し、パンを落とし、挙げ句の果てに手からすっぽ抜けたフォークで親友マリナの大事な顔を傷つけそうになってしまった。

食事のたびに粗相をするのはいつものことなので、マリナや他の見習いたちはリリアナが何をやらかしても咎《とが》めず笑ってくれる。

しかし、さすがに今朝の失敗はひどすぎたのか『具合でも悪いの？』と心配されてしまった。

とはいえ、男性の半裸を見たせいで眠れなかったと言えるはずもなく、結局朝は何でもないと誤魔化すことしかできなかったのである。

(けれどマリナには相談すれば良かったかも……。あの人のこと、自分の胸だけに秘めておくなんて無理だわ)

それに、問題は男の姿がちらついてドジを踏むことだけではない。

昨日男につけられた髪飾りを、リリアナはまだ持っているのだ。

猫耳を模した髪飾りなんて普段見たことなどないし、きっと特注品なのだろう。となれば値段もそれなりに張るに違いない。

そう思うと捨てることもできず、可能なら男に返したいと思うのだが、相手の正体がわからない。

リリアナが見習いとして働いているクイエ宮は皇太后の住まいであるが、彼女は客を招くのが好きだし、茶会や宴もよく開かれているので人の出入りが多い。

その上、戦争や王位継承争いとは縁遠い平和な国故に、警備はさほど厳重ではないから、招かれさえすれば王族以外の人間も足を踏み入れることができてしまう。

(でも、あれだけ素敵な人なら誰か名前を知っているかも)

リリアナは社交の場に出ないのでわからないが、周りの子たちなら知っているかもしれない。

（とにかくまずはマリナに相談しよう）

そう思うと少しだけ心が楽になり、リリアナは笑みを浮かべて「よし！」と気合いを入れる。

それから自分の仕事をこなすため、勢いをつけて窓を開けた。

心地よい風が部屋に吹き込み、それに誘われるようにリリアナは窓から身を乗り出した。

王宮は小高い丘の上に建てられており、特に皇太后の住むクイエ宮はどの部屋からも美しい街と海が一望できる作りになっている。

スカーナ国は元々職人の街で、巧《たく》みな彫金技術とそれが生み出す宝飾品の売買によって栄えた国だ。

南の海では真珠もよく取れ、それをあしらった宝飾品をつけると幸運を呼び込むという言い伝えから、わざわざ遠くから買いに来る者もいる。

決して大きい国ではないけれど、眼下に広がる街には活気が溢れ、行き交う人々は皆幸せそうだ。

それを眺めているとリリアナも穏やかな気持ちになり、今度こそ心に平穏が戻ってきた気がした。

「よし！」

声を出して再度気合いを入れ、今は仕事に集中しようと決める。

だがその直後、穏やかだった風が突然強まり、突風に煽《あお》られた。

風に身体を取られたリリアナはバランスを崩し、窓の外に身体がずり落ちていく。まずいと思ったときには腰より頭が下になっていて、リリアナは悲鳴を上げた。

「動くな!!」

男の声が響き、傾いたリリアナの腰に何かが巻き付く。そのままグイッと引き上げられたかと思うと、足が再び地に着いた。

(た、助かったの……?)

ひとまずほっとしたが、今更のように恐怖を感じて腰が抜けてしまう。そのまま床に倒れ込んでしまうかと思ったが、そうはならなかった。逞しい腕がぎゅっと彼女を支えたからだ。

「身投げでもするつもりか!」

怒りを帯びた怒鳴り声に、リリアナはびくっと身体を震わせる。

恐る恐る視線を上げると、見たことのある顔が自分をきつく睨《にら》みつけていた。

「あ、あなたは……」

そこにいたのは昨日出会ったあの男だった。

驚きのあまり魚のように口をぱくつかせていると、男は僅かに目を見張ったが、すぐにさっとリリアナから顔を背けた。

「怒鳴ってすまない」

彼は側にあったソファにリリアナを座らせた。彼のエスコートは完璧で、震えながらも転ぶことなく、彼女の身体はソファの上に沈み込む。

「怪我はないな？」

「は、はい。……あの、ありがとうございます！」

なんとか言葉を出せるようになり、リリアナは声の震えを抑えながら、お礼を伝える。

男は少しほっとした顔をしたが、それもつかの間、腰を落とし、何かを確かめるようにじっとリリアナを見つめてきた。

「それで、なぜ身投げなどしようとした」

「し、していません」

「完全に落ちる体勢だったぞ」

「景色を見ていたら、突然強い風に煽られて……」

「煽られても、普通は落ちない」

「ふ、普通は……そうですよね……」

だが普通でないのが、リリアナなのだ。

「信じてもらえないと思いますが、私、とにかく運がなくて、窓から落ちたことも初めてではないのです」

一回目に落ちたときは、乱暴にしたわけでもないのに突然窓枠が壊れて落下。

二回目は窓がなかなか開かず、仕方なく力を込めて体当たりしたらあっけなく開いてそのまま落下。

　そして三回目の今回は、風に煽られ落下寸前といった具合である。もし男が来なかったら、寸前では終わらなかっただろう。

　ちなみに実際に落ちた二回は、下にあった植え込みのおかげで軽傷で済んだ。

　昔からよく転んだり落ちたりするリリアナだが、不思議と大きな怪我はしない。馬から落ちて足を折ったことはあるが、確かそれが最後だ。

「私が触ったものは大抵壊れるから、注意はしていたのです。ただ今日は油断してしまって……」

「油断していても普通は窓から落ちない」

「その普通が私には当てはまらないのです。とにかく運が悪くて、間も悪くて、そのせいでみんなにもドジだって言われます」

「確かに、間が悪いのは昨日も見たが……」

　男の言葉にリリアナは倉庫でのことを思い出し、恥じらいに頬を赤く染める。

「昨日は申し訳ございません。決してのぞき見するつもりは……」

「いや、その点に関しては油断していたのはこちらだ。それに……」

　言葉を切り、男はじっとリリアナを見つめる。

　美しいエメラルドグリーンの瞳に穴が開くほど見つめられると、その場から逃げ出したいような落ち着かない気持ちになる。

　けれどここで逃げてしまえば髪飾りを返す機会も失われ、更に悶々《もんもん》とする羽目になるのは目に見えていた。

　リリアナは勇気を出して、男の瞳をじっと見つめ返す。

「あの、お名前を……教えていただいてもよろしいですか？」

「私を知らないのか」

　声は淡々としていたが、男はどことなく怪訝《けげん》な顔をしている。もしかしたら名のある貴族なのかもしれない。

「す、すみません。あまり社交の場に出ないので」

「デイモンだ。私の名前は必ず覚えろ。覚えられないなら、覚えられるまで唱えろ」

　有無を言わさぬ声で迫られ、リリアナは慌てて「デイモン様」と復唱する。

　そうしていると、彼の雰囲気は僅かに柔らかくなる。彼はリリアナの方に身を乗り出した。

「それで、聞きたいのは名前だけか？　他に何かないのか？」

「あ、あの、髪飾りをお返ししたいのですが……」

　デイモンは明らかにがっかりした顔をした。

「そんなことより、私について聞け」

「でも、あなたの物ですしお返ししないと」

「いや、いい。君がつければいい」

「高価な物に見えますし、つけられません。それにアレは、ちょっと恥ずかしいです」

なにせ猫耳付きである。

可愛いと言えば可愛いが、それをつけて仕事をしたり出かけたりする気にはなれなかった。

「今、持っているのか？」

「いえ、部屋に保管してあります。よろしければすぐに取ってきますが」

「あれは君が持っていろ」

「ですから、私はつけません」

「つけろ。いつもとは言わないが、つけろ」

ものすごく真剣な表情で言われると、気弱なリリアナは嫌だとは言えない。

だが「はい」と言うのも変な気がして困り果てていると、そこでようやくデイモンがリリアナから身を引いた。

「ともかく、今後は一切窓に近づくな」

「私の仕事は窓開けなんです」

「変えてもらえ。このままではいつか死ぬぞ」

「大丈夫です。小さな頃から窓や木やテラスからしょっちゅう落ちていますが死んでいません。受け身の練習もしているので、怪我も最近はしないですし」

「受け身より、落ちない練習をしろ」

したけれど効果がなかったのだと言いたかったが、デイモンは「そろそろ行く」と言ってさっさときびすを返す。

（……そういえば彼、どうしてこの部屋にいたのかしら）

今更のようにそんなことを思ったが、尋ねるより早くデイモンの姿は消えていた。

まるで嵐のような人だったなとぼんやり考えながら、リリアナはさっき彼に支えられた腰の部分にそっと触れた。

＊＊＊

「デイモン!?　その人デイモンって名乗ったの!?」

「ええ、そう名乗られたわ」

「その上その人に、今日だけで十回も会ったの？」

「そうなの。最初は窓から落ちかけたときに助けてくれて、そのあとも廊下で転びかけたり、階段から転げ落ちそうになるたびに不思議と遭遇して……」

おかげで彼のことが頭から離れず、夕食の席でもぼんやりして、飲み物やスープを派手にぶちまけみんなに笑われてしまった。

このままではまずいと思ったリリアナは、部屋に戻るなりルームメイトのマリナに彼のことを打ち明けたのである。

「あんなに会うってことはクイエ宮で働いている人だと思うんだけど、マリナは知っている？」

「その人、もしかして銀髪じゃなかった？　東国の男性みたいに少し変わった髪のまとめ方をしていなかった？」

「そうなの！　もしかして、マリナも会ったことがある？」

「たぶんあるわ。けれどそれが事実なら、ちょっとまずい事態かも」

表情を曇らせるマリナは、何やら考え込みながら持っていた杖で床をトントンと叩く。

マリナは生まれたときから足が弱く、普通の屋敷では行儀見習いができないため、ミラルダのもとにやってきていた。

杖がないと歩けないものの、不自由さを感じさせないほど明るく活動的で、情報通でもある。

「もしかして、悪い人なの？」

「いえ、そういうわけではないの。私の予想が正しければ、その方は第二王子のデイモン＝トーレ＝スカーナ様よ」

「だ、第二王子……!?」

マリナの言葉に、リリアナは真っ青になる。

「私、どうして気づかなかったのかしら……」

「無理もないわよ。私たちは彼が出てくるような社交の場には縁遠いし」

「でもきっと、前にも宮殿に来たことはあるわよね」

「いいえ、彼はほとんど顔を出さないはずよ。あの方は皇太后様とは血が繋がっていらっしゃらないから、遠慮なさっているみたい」

この国には王子が三人いるが、次男であるデイモンだけ母親が違うのは国民なら誰もが知る話だ。

今は亡き前王は民のために善政を行い、他国の戦争に関わることなく国を富ませた良き君主だった。

そんな彼が唯一犯した過ちが愛人を作ったことであり、その結果、第二王子だけ母親が違うのだ。

「母親はコウラン国の貴族で、デイモン様も大人になるまではそちらで暮らしていたらしいわ」

「では皇太后様とは仲がよろしくないの？」

「そうでもないみたいだけど、デイモン様には悪い噂があるから、皇太后様は距離を置かれているのかも」

「悪い噂？」

「あの方に関わる女は、みんな不幸になるって噂よ」

声を潜めたマリナの言葉に、リリアナは彼女が暗い顔をしていた理由を知る。

「あの容姿だから女性が放っておかないようだけれど、彼と関係を結んだ人はみんな不幸になるそうよ。実家が取り潰しに遭ったり、身内に不幸があったり、財産をなくしたり、それはもうひどい目に遭うみたい」

「ほ、本当に……？」

「ええ。だからデイモン様を見かけたら、絶対に目を合わせるなって一部では言われているの」

「そ、そんな人に、今日だけで十回も会ってしまったわ」

「気に入られるようなこと、してないわよね？」

「むしろご迷惑をおかけしてしまったの」

窓から落ちかけたり、転んだり、そういう場面でしか会っていないはずだと言いかけて、リリアナははっと思い出す。

「ね、猫耳……」

「ネコミミ？」

「あの方の、髪飾りを預かっているの。猫の耳を模した飾りがついたもので……」

「それを返せって迫られているの？」

「返せとは言われていないけれど、それが原因なのかも」

「ならすぐに返した方がいいわ!!」

強く言われ、リリアナは段々と髪飾りを返さねばという気持ちになってくる。

彼が不幸を呼ぶという話を信じたわけではないが、そもそもリリアナは不幸な目に遭いやすいたちなのだ。

だから用心するに越したことはないし、人の物をずっと持っているわけにもいかない。

「とりあえず、明日会えたら返してみる」

「そんな悠長なことを言ってないで、ミラルダ様にご相談した方がいいわ。普通、王子様とそんなに頻繁に会えるものではないし」

「でも、今日は十回も会ったわ」

「たまたまよ。つけ回しでもしない限り、そんなに会えるわけがないでしょう？」

「そ、それもそうよね」

彼の物を預かっているとはいえ、付きまとわれているとは考えにくい。

ならば次の機会は易々と訪れないだろうし、ミラルダを頼る他ないだろう。

彼の名前を出してミラルダが気分を害さないかという気持ちもあったが、いつも穏やかで笑顔を絶やさない彼女なら理解してくれる気がした。

（マリナはああ言ったけど、ミラルダ様は誰かを嫌ったり遠ざけたりする方ではないもの。きっと相談すれば、かわりに髪飾りを届けてくださるはず）

今日早速相談しようとリリアナは決めたのだった。

＊＊＊

入室を促す穏やかな声に導かれ、リリアナがミラルダの私室に入ると、彼女は寝間着姿で本を読んでいるところだった。

「すみません、お休みになるところでしたか？」

「まだ起きているつもりだったから大丈夫よ。くつろぎたかったし、身なりに気を遣う相手もいないから楽にしていたの」

そう言って微笑み、ミラルダは快く部屋へと招いてくれる。

皇太后という身でありながら、ミラルダは行儀見習いであるリリアナたちに気さくに接してくれる。

特に姪のリリアナは昔から娘のように可愛がられ、どんなドジをしても『そこがあなたの魅力の一つよ』と笑ってくれる優しい人だ。

度重なる失敗のせいで家族にも見放されつつあるリリアナにとって、唯一親身になってくれる相手でもある。

「それで、どうしたの？　困り事があるなら、気にせず教えてちょうだい」

ミラルダもリリアナの世話を焼くのが楽しいようで、リリアナが話し出す前に身を乗り出してくる。

そのことにほっとしつつ、リリアナは早速事情を打ち明けた。

最初は怪訝そうな顔をしていたミラルダだが、昨日だけで十回会ったことを伝えて髪飾りを手渡すと事情を把握したらしい。

「お返ししたいのですが、次にいつ会えるかわからなくて」

だからかわりに渡してもらえないかと打診しかけたとき、ミラルダは珍しく浮かない顔でそっとため息をついた。

「悪いけれど、私からは返せないわ」

（もしかして、マリナの言うとおりデイモン様とはお会いしたくないのかしら）

だとしたら先にそのことを確認しておくべきだったと後悔していると、ミラルダが「誤解しないでね」と笑みを浮かべた。

「たぶん私が渡しても、デイモンは受け取らないと思うから」

「あの、やはりお二人は……」

「仲が悪いわけではないわ。そういう噂もあるけれど、問題はそこではなくて……」

僅かに言葉を詰まらせたあと、ミラルダは申し訳なさそうな顔でリリアナの手をそっと握る。

「黙っているつもりだったんだけど、実はデイモンからあなたとのことを聞いていたの」

「デイモン様から……？」

「冷静なあの子にしては珍しく、支離滅裂《しりめつれつ》なことをまくし立てていたから内容の八割は理解できなかったけれど、要約すると自分のところに行儀見習いをよこして欲しいということらしいの。それもあなたをご指名でね」

思いもよらない言葉に、リリアナは呆然とする。

いったいどうしてなのかと混乱するが、どうやらミラルダにもその理由はよくわからならしい。

「急な配置替えは戸惑うだろうし、デイモンには色々と噂もあるからあなたが嫌がると思って断ったの。彼の思惑もわからなかったし……」

でも……と、ミラルダはそこで何を思ったのか、手に持っていた髪飾りをリリアナの頭にそっとのせる。

「こうしていると、だいたいの理由はわかった気がするわ。これは、断れないわねぇ」

「断れないって、まさか私をデイモン様のところに……？」

「悪い話じゃないと思うの。ああ見えて面倒見の良い子だし、ちょっと頭が固いところはあるけど優しいのよ」

「ですが、あと二か月で卒業できるのに……」

「難しい仕事はさせないから大丈夫よ。それにあなたなら彼のもとでも無事に過ごせるわ」

「か、確信はあるんですか？」

「だってあなた、その耳すごく似合っているもの」

「それがなぜ確信に!?」

「デイモンは猫好きだし、猫耳が似合う子を大事にしないわけがないわ」

絶対大丈夫よとミラルダは受け合うが、もちろん簡単に信じられるわけもない。

「何かあったらすぐ戻ってきていいから、一度行ってらっしゃい。それに何があっても、あと二か月務め上げたら行儀見習いを卒業させてあげるから」

そう言って微笑むミラルダに敵うわけもなく、リリアナは大きく肩を落とした。

第二章

ミラルダの住むクイエ宮の東、竹林に囲まれた木造の質素な宮殿が、デイモンの住まいだった。

皇太后と国王、そして王子たちがそれぞれ有する宮殿は軒並み煌びやかだが、『ボスコ宮』と呼ばれるデイモンの住む宮殿だけは装いが違う。

規模は他の王族のものより一回りほど小さく、内装も外装も質素で、目を引くような装飾は特にない。その地味さに、リリアナは内心ほっとしていた。

（良かった……高そうなもの、あまり置いてないみたい）

三歩歩けば転び、うっかり物を壊しがちなリリアナは、高価な調度品や贅《ぜい》を尽くした内装が苦手だった。

だがデイモンは宮殿を飾るのが好きではないらしく、長い回廊には絵画一つない。

少々殺風景だが、壊れる物がないのは良いことだとリリアナはほっとする。

宮殿の内部をざっと案内されたあと、リリアナが通されたのはデイモンの書斎だった。

「来たな」

中で待っていたデイモンと対面したリリアナは、彼の装いに小さく息を呑む。

（なんだか、この前と少し雰囲気が違うかも）

宮殿同様、デイモンは自分を飾るのも好きではないのだろう。

以前会ったときとは違い、彼は東方風の黒く簡素な衣を纏っていた。

「なんだ、じっと見つめているが、変か？」

首をかしげるデイモンに、リリアナは慌てて首を横に振る。

「な、なじみのない服なのでつい見入ってしまって」

「私の故郷コウランのものだ。この国に来てずいぶん経つが、やはりこちらの服の方が身体にしっくりきてな」

だから故郷の服を纏うことも多いのだと説明されながら、リリアナは改めてその装いに目を向けた。

スカーナは宝飾品で有名な街なので、東方からも商人がよく買い付けに来る。そのためコウラン国の服を見たのは初めてではないが、デイモンが纏う黒衣は所々にスカーナ風のアレンジもされているので少し珍しい。

膝丈の上衣は、襟元をかき合わせて腰帯で留めるコウラン式のものだが、下衣はスカーナのズボンをアレンジした細身のもので、ブーツも同様らしい。

異国の雰囲気を持つデイモンにとてもよく似合っている。

うっかりすると目が彼に釘付けになってしまうため、リリアナはそっと視線を下にずらした。

「皇太后から、話は聞いているな？」

「はい。二か月だけ、こちらでデイモン様のお世話をするようにと言われて参りました。ですがその、私は……」

「安心しろ。君の噂は知っているし体験済みだ。難しい仕事はさせない」

その言葉にほっとしつつ、リリアナは少し怪訝に思う。

「ですが、どうして私を指名なさったのですか？　私が粗忽《そこつ》者で、仕事ができないのはご存じのはずなのに」

「猫が死んだからだ」

「え？」

淡々とした声で返すものだから、リリアナは反応に困ってしまう。

お悔やみの言葉も出ず、戸惑った顔で固まっていると、デイモンがリリアナをじっと見つめてきた。

「……やはり似ている」

「に、似ている……というのはどなたにですか？」

「死んだ猫だ」

そこでもう一度「えっ？」と情けない声を出すと、彼はリリアナに向かって手を差し出した。

「あの髪飾りを、今持っているか？」

「は、はい！　お返しするのが遅くなって、申し訳ございません！」

慌てて髪飾りを彼の手にのせると、デイモンはそれをしげしげと眺めたあと、リリアナの方に身を乗り出した。

「返さなくていい、つけていろ」

言いながら、彼はリリアナの頭に髪飾りをつける。

縮まった距離にドキドキしすぎて混乱するリリアナとは対照的に、デイモンの方は満足げに頷いた。

「やはり似ている」

「猫に……ですか？」

「ああ。こんな私にも懐いてくれる、可愛い奴だった」

これまであまり感情が見えなかった顔に、柔らかな笑みが浮かぶ。

その笑顔を見ているとリリアナの胸は更に高鳴り、慌てて彼から視線を逸らした。

（なぜかしら、デイモン様の笑顔を見ているとすごく落ち着かない）

裸を見たときか、それ以上に落ち着かなくなって、リリアナは混乱する。

こんなに心が乱れたのは、父が大切にしていた東方の陶磁器をうっかり割ってしまったとき以来かもしれない。

「黙っているが、気分でも悪いのか？」

黙り込むリリアナを見て不安になったのか、デイモンが顔を覗き込んでくる。

「いえ、あの、猫に似ていると言われたのは初めてなので驚いただけです」

笑顔を見せられたせいで動悸がするとは言いにくく、ひとまず誤魔化す。

「自分でも、猫に似ているという理由だけで君を呼び寄せたことに驚いている。だが、できるだけ顔を見たいと思ったら、これしか方法が思い浮かばなかった」

言いながら、デイモンはどこか戸惑うように視線を下げる。

(デイモン様、きっと飼い猫をとても大切にしていらしたのね)

飼っていた動物が死んで、ひどく悲しんだ記憶がリリアナにもある。

猫ではなく小鳥だったが、そのあと数か月は塞ぎ込み、親に心配されたほどだった。

(懐いていたなら、余計に寂しいに違いないわ)

だから、会えることならもう一度会いたいと思う気持ちは痛いほどわかる。

「そういう理由なら、仕事中はこの髪飾りをつけておきますね」

「いいのか？」

「はい。人でも動物でも、大切な存在を亡くしたあとは寂しいものです。その寂しさを少しでも癒《い》やせるなら、私をお側に置いてください」

「ありがたいが、いいのか？　初対面の印象も悪かっただろうし、てっきり嫌がられるかと思っていたのだが」

「確かに、あのときは驚きましたけど……」

　そして今でも彼の裸が頭から離れないが、そもそも情事の場に突っ込んでしまったのはリリアナの方なのだ。

「むしろ、邪魔をしてしまい申し訳ございませんでした」

「いや、目的を達したあとだから問題はない」

目的、という言葉にはしたない想像が頭をよぎり、リリアナは慌てて顔を伏せる。

「でも、お相手の方と気まずくなったりはしませんでした？」

「あれ以来会っていないし問題ない。彼女とは、恋人というわけでもないしな」

「こ、恋人ではない方と、あのようなことを……？」

「おかしいか？」

　逆に首をかしげられ、リリアナは返答に困る。

（今は、それが普通なのかしら……）

　リリアナの両親の時代は結婚するまでは手も繋げなかったらしいが、近頃は避妊具や薬が他国から入ってくるようになり、結婚前の男女が肌を重ねることは珍しくないのだと前にマリナが話していた。

　とはいえ、未だ行儀見習いから脱せず、社交の場にも出られないリリアナには考えられない世界だ。立派な淑女になったとしても、そういう付き合い方はきっと自分にはできないだろうと思う。

誰かと素敵な恋をしたいという気持ちはあるが、間が悪くてドジなリリアナを好いてくれる人はまずいないだろう。なにせ、もう三人もの婚約者に逃げられ、社交界に出る前から『婚約者も逃げ出すほどの粗忽者』として有名になってしまっている。

「ともかく、あのときのことは気にするな。しばらくは女を連れ込む必要もないから、ああいう現場に遭遇することはないだろう」

安心しろと言うように、デイモンはリリアナの頭を撫でる。

（この撫で方、完全に猫扱いね）

しかし不思議と、それが嫌ではないと感じるリリアナだった。

＊＊＊

事前の言葉通り、デイモンがリリアナに与えた仕事は簡単なものだった。

毎朝デイモンを起こし、彼のベッドのシーツを替えるというものである。

寝起きのデイモンはいつも以上に色気が増していて心臓に悪いが、リリアナが起こせばすぐ目覚めるので大変な仕事ではない。任された部屋も一部屋だけで、シーツは替えるだけで洗うのは別の使用人の仕事だ。

ただ問題が一つある。毎朝起こすたび、彼に頭を撫でられるのだ。

「……今日も、可愛いな」

起き抜けにそう言って、毎回ワシワシと頭を撫でてから、デイモンは身支度を整え朝食に向かう。

寝ぼけているからなのか、猫のことを思い出してしまうからなのかはわからないが、頭を撫でるときのデイモンはあまりに優しい顔をするため、リリアナはつい緊張してしまう。そのあと乱れた心と呼吸を整えながら、乱れたシーツを取り替える羽目になるのだ。

触れ合いの余韻のせいで注意力を欠き、シーツに絡まって派手に転んだりするものの、今のところは大きな失敗もせず、リリアナは無事に仕事をこなしていた。

むしろこんなにも簡単でいいのかと不安になるほどである。

（まあ、ミラルダ様のところにいた頃と、やっていることはそう変わらないけれど……）

行儀見習いの少女たちに割り振られる仕事は比較的簡単なものだが、リリアナに与えられていた仕事はとりわけ単純なものだった。

だからその分、リリアナは自分の仕事が終わると、ミラルダのもとにいる若い行儀見習いたちの話し相手をしていた。

行儀見習いをするのは十四歳から十五歳くらいの少女が多い。その上ミラルダのもとには身体や心が弱い子たちが集まっており、皆どこか寂しそうで、中には親を恋しがって泣いている子も多かった。

そんな少女たちを元気づけたいと思い、リリアナは親友のマリナと共に、休み時間になると本の読み聞かせをしたり、ときにはサロンでピアノを弾くこともあった。

リリアナにとって、ピアノは数少ない特技の一つである。

小さな楽器は壊してしまうので続かなかったが、頑丈《がんじょう》なピアノならばと始めてみたところ、みるみる上達したのだ。

リリアナの演奏は評判で、休み時間になれば誰かしらが『ピアノを聞かせて』とせがんでくるため、仕事のあとも忙しく過ごしていた。

だがデイモンの住む宮殿からは許可なく出ることができず、仕事が終わったからといって気軽に出かけるわけにもいかない。

かといって他に任される仕事はなく、その上どういうわけかデイモンを筆頭に皆リリアナを客人のように扱うのである。

デイモンに出すのと同じくらい豪華な料理や菓子でもてなし、欲しいものがあれば何でも持ってくると言ってくれるのだ。

それが心苦しくて、彼らに気を遣わせないために、リリアナは仕事が終わると軽食と本を持って人気のない場所を探すようになっていた。

最近のお気に入りは、宮殿の東側にある庭園だ。あまり手入れがされておらず、少し荒れた箇所もあるが、ひなたにベンチがあるため寒いこの時期でもほどよく暖かい。

足下が芝生なのもリリアナにとっては都合が良い。転んでも怪我はしないだろうし、服もさほど汚れないですむ。

だから今日も一日ここで時間を潰そうと思っていたのだが、どうやら彼女のベンチには先客がいるようだ。

（あそこに座っているのはもしかして……）

いつもは無人のベンチに長い脚を組んで座っているのは、どう見てもデイモンだった。相も変わらず隙のない美貌で、表情は硬く、ちっともくつろいでいる様子はない。

（考え事でもしているのかしら……）

だとしたら邪魔をしない方がいいと思いつつ、せっかく見つけたお気に入りの場所だったのにと、ほんの少し落胆する。

（それにしても、どうしてデイモン様は私の行く先々に現れるのかしら……）

身を潜めるように時間を潰しているのは、彼と遭遇するのを避けるためでもあった。

人の往来がない場所を選んでいるというのに、彼はふらりとやってくる。

まるで付きまとわれているようだと考えてから、リリアナは思わず苦笑した。

（そんなわけないわよね。あの方が私を追いかける理由なんてないもの）

猫に似ているリリアナを好ましく思っているようだが、それでも四六時中追いかけ回すほどではないだろう。

朝のひとときを除けば、彼はろくに微笑みかけてもこない。

騎士団の財務部に在籍している彼は、部屋にいるときも書類仕事と格闘している。

それなりに忙しいようだし、暇があったとしても、もっと有意義なことに時間を使うに違いないと考えていると、ふとデイモンが顔を上げた。

目が合い、リリアナはすぐ立ち去らなかったことを後悔した。さすがにこのままきびすを返すこともできず、彼女は小さく会釈する。

「座らないのか？」

問いかけに、リリアナは慌てて首を横に振る。

「デイモン様のお邪魔はできませんので」

「君がいても、邪魔にはならない」

そう言って自分の隣を手で示され、リリアナは仕方なく腰を下ろした。

彼のことは嫌いではないし、むしろ好ましいくらいだが、距離がぐっと近くなると、どうしても落ち着かない気持ちになってしまう。

「君は、休憩中か？」

「はい。おかげさまで仕事はすぐ終わりますし、ここで本でも読もうかと」

「私のことは気にせず、読めばいい」

「は、はい」

言われるがまま、リリアナは持っていた本を開いてみる。

（……いや無理、こんな状況で集中できない……）

なにせ、気にするなと言いつつ、彼の顔はリリアナに向けられているのである。

リリアナの方はうつむき気味になり、手元の本に視線を縫い付けているものの、彼がじっと見ているのは気配でわかる。

美しい上に目力も強い男である。そんな彼に見つめられて、平然と文字を追えるわけもない。

「あ……あの……」

「何だ？」

「そんなに見つめられると、ちょっと落ち着かなくて……」

さすがに無視できず、デイモンの方をちらりとうかがいながら告げると、彼は僅かに驚いた顔をしていた。

「私は、君を見ていたのか？」

「はい、穴が開くほど見ていました」

「すまない。見ているつもりはなかったんだが……」

今度は怪訝そうな顔をして、彼はそこでようやくリリアナから視線を逸らす。

そのことに少しほっとして、リリアナは手元の本に視線を戻した。

だが僅か数分後――。

（また見てる……、これは絶対見てる……！）

なぜそんなに見つめるのか。自分が何かしただろうかと思ったところで、リリアナはふと我に返った。

(そうだ猫耳……。猫耳をつけてなかったわ)

仕事のとき以外はつけなくてもいいと言われていたが、きっとデイモンはあの猫耳を見たいのだろう。

(きっと、亡くなった猫ちゃんの想い出に浸りたかったのね)

そうに違いないと考え、リリアナは念のためにと持ち歩いてた猫耳を急いでつける。

そしてデイモンに小さく笑いかけると、彼は先ほどよりも熱い視線をリリアナに向けてくる。

「それ、気に入ったのか?」

「え?」

「髪飾りだ。今、すごい勢いでつけただろう」

「いや、あの……はい……」

デイモンのためにつけたとは何となく言えず、リリアナは曖昧《あいまい》な言葉を口にした。

「気に入ったのなら良かった」

一方デイモンは、リリアナの戸惑いにも気づかず嬉しそうに笑った。

その顔があまりに優しくて甘いので、リリアナは悲鳴を上げたくなる。

「そ、そろそろ、お部屋に戻りますね!」

その場から逃げ出したい気持ちに駆られ、急いで立ち上がり、スタスタと歩き始める。

「……はわっ!!」

しかしドジなリリアナが、そのまま歩き続けられるわけもない。

急ぐあまり足がもつれ、ズシャッと派手に転倒する。

「大丈夫か……!?」

慌てた様子でデイモンが助け起こしてくれるが、居たたまれない。

「……血が……」

その上、どうやら受け身を取り損ない、地面についた右の手のひらを擦ってしまった。

「た、たいしたことないです。こういう傷はよく作るので！」

恥ずかしさを誤魔化しながら手を見ると、傷自体は小さかった。だが血が結構出ている
なと思った瞬間、デイモンの身体が不自然にかしいだ。

驚いて見上げると、彼は苦痛に耐えるような顔でこめかみを押さえている。

「ど、どうしたんですか？」

「……すまない、実は血が……少し苦手で」

デイモンの言葉に、リリアナは慌てて彼に背を向けた。持っていたハンカチを取り出し、テキパキと血を拭うと、ハンカチを手のひらに巻き付ける。血と傷口を隠すためにきつく縛ると、手のひらの痛みは増したが、デイモンの気分を悪くさせたくない一心で、苦痛に耐える。

「申し訳ございません。一応隠しましたけど……匂いも駄目ですか？」

傷が覆いきれたのを確認してから、リリアナはもう一度デイモンに向き直る。彼はひどく驚いた顔をして、リリアナを見つめていた。

「ずいぶん手慣れているな……」

「普段からよく転んで怪我をするので、応急処置だけは上手いのです」

言いながら、他に血がついているところはないかドレスを確認していると、デイモンが「すまない」と小さく謝った。

「こういう場合は、私が処置すべきだとわかっているのだが……」

「誰にだって苦手なものはありますから」

「だが血が苦手というのは情けないだろう」

「そうですか？　気分が悪くなってしまう人はよくいる気がしますけど」

「気分が悪くなるだけならまだいいが、私の場合は昔の記憶が――――」

何かを言いかけたところで、デイモンははっと言葉を呑み込む。

怪訝に思いつつも、話したくないことを無理に聞き出すつもりはない。

「どんな理由でも、苦手なものなら気をつけます。一応あの、普段は受け身も取れるので、ご心配なく」

ただちょっと、今日は慌てすぎていたのだとリリアナは笑う。

すると彼はほっと息を吐き、ハンカチの巻かれた手をそっと持ち上げた。

「血が出るかどうかは関係なく、君が怪我をするところは見たくない。治療をしに行こう」

デイモンはハンカチの上にそっと口づけを落とした。

流れるような仕草に、リリアナは一瞬自分がされたことを認識できなかった。

「今更の返事になるが、匂いなどは問題ない。ただ、あの色が駄目なようだ……」

リリアナの傷は小さなものだし、見ないようにすれば手当てできるとデイモンは告げる。

そのときになってようやく、彼に口づけられたことを自覚し、顔が真っ赤になる。

「あ、あの……今キス……」

「ん？　キスが好きなのか？」

そんなことは一言も言っていないのに、彼はリリアナの頤《おとがい》に手をかけた。

「では、痛みを忘れられるように、ここにもしておこう」

言うなりぐっと顔を近づけられ、そのまま唇を優しく啄《ついば》まれる。

突然のことに、リリアナは口を小さく開けたまま立ち尽くすことしかできなかった。

そうしていると、頭の後ろに手が回され、啄むだけだった口づけが急に深くなる。

「んっ」

我に返り口を閉じようとしたが、それよりも早くデイモンの舌が彼女の歯列をこじ開けた。

（これが……キス……なの……？）

リリアナの知る口づけは、家族とするささやかなものだけだ。けれど、デイモンが施す口づけはまるで違う。

「ン……んっ」

デイモンの口づけは優しいけれど深くて、彼の柔らかな唇を感じていると、自然と身体から力が抜けていく。

慌てて彼を遠ざけようとするが、膝と腰に力が入らずよろけてしまい、逆に彼の衣を摑むことになってしまった。

察したデイモンは、腕を回してリリアナを抱き支えた。同時に、顔の角度を僅かに変え、更に深く舌を差し入れてくる。

未知の行為に戸惑っていると、舌を搦め取られ、強く吸い上げられた。

彼の舌を押し返そうと頑張ってみるものの、突き出した舌は逆に嬲《なぶ》られ、気がつけば自分から深く口づけるような格好になってしまった。

(どうしてだろう……身体が……熱い……)

まるで熱でも出たようだと感じていると、唇が離される。

突然の口づけに怒りを覚えたが、リリアナの方は息をするのもやっとで、言葉は何一つ出てこない。

「これで、痛みは消えたか?」

尋ねてくるデイモンの顔には珍しく柔らかな笑みが浮かんでいて、悪気はまったくなさそうだ。

確かに驚きすぎて痛みは消えたけれど、もたらされた衝撃が大きくて、未だ身体に力が入らない。

「もっとした方がいいか？」

「い、いえ……もう大丈夫です！　それにあの、こういうのはよくないかと！」

再び近づいてきたデイモンの顔に、リリアナははっと我に返り、彼の身体を押し返す。

もう一度口づけをされたら今度こそ倒れてしまうと思った。

「なぜ駄目なのだ。痛みが消えたなら、よかっただろう」

「だって口づけは、夫婦や恋人同士でするものですし……」

「私はミーちゃんともよくしたが」

正確にはミーちゃんが勝手に嘗《な》めてきたからキスではないかもしれないが、と言われ、リリアナは返事に困る。

「それに夫婦や恋人同士でなくとも、これくらいは普通だ」

「そ、そうなのですか？」

「君はしないのか？」

「い、異性と接する機会はあまりなくて」

デイモンの動じない様子を見る限り、もしかしたら大人にとっては挨拶のようなものなのかもしれない。

だとしたら騒ぎ立てるのも恥ずかしい気がして、リリアナはそっと唇を噛む。

「と、とりあえず痛みは無くなりました……ありがとうございます……」

「もし怪我をしたら言え、またキスしてやる」

たぶん彼は親切で言ってくれているのだろうが、淡々とした口調のせいでいまいち彼の考えがわからない。

（デイモン様って、本当に不思議な人ね……）

果たして、彼のことを理解できる日は来るだろうかと、リリアナはぼんやり思った。

＊＊＊

「ファルゼン。私は最近、自分のことが理解できない」

「僕は、そんなくだらない質問をしてくる貴様の無神経さが理解できない」

冷え冷えとした声が響き、鋭い視線がデイモンに突き刺さる。

「入室を許可した覚えはないのに、なぜ貴様は僕の寝室にいる」

「気になることがあって悩んでいたとき、お前の顔が浮かんでな」

「だとしても、こんな朝っぱらから部屋に押しかけて来るな‼」

怒鳴られて、デイモンはまだ外が薄暗いことに気がついた。

そして不機嫌な顔でベッドに横たわる弟——ファルゼンがこの手の無礼に厳しいことを思い出す。

「すまない」

「謝罪が済んだら出て行け」

「少し話がしたいのだが」

「僕はしたくない！」

美しい顔に嫌悪感を貼り付け、ファルゼンは長い金髪を乱す勢いで起き上がる。

「そもそもどうして僕なんだ！　貴様のことが嫌いだと、顔も見せるなと、常日頃から言っているだろう！」

腹違いのこの弟は、確かに昔からデイモンのことを嫌っている。

なぜならデイモンは彼の本当の家族ではなく、この国にいるべき人間でもないからだ。

デイモンは、前王と愛人の間にできた子どもだ。母は父に隠れてデイモンを産んだため、彼は母と共に遥か東の国コウランで暮らしていた。

デイモンの母方の祖父はコウラン国の宰相だったが、国の内乱に巻き込まれたせいで家も財産を失い、決して裕福とは言えない生活だった。その上祖父も母もデイモンが幼い頃に亡くなり、孤児となった彼は生きるために多くの汚れ仕事を請け負ってきた。

それを知っているファルゼンは彼を下賤の者だとさげすみ、未だ王子とは認めていない。

無理もないと、デイモンは思っている。むしろ彼自身、未だ自分がスカーナの王子として認められたことが信じられないのだ。

だからこそ、自分を真っ向から否定するファルゼンには信頼感を覚えていて、そのために相談相手として最初に顔が浮かんだのだろう。

「怒りはもっともだ。しかし、お前以上の適任はいないと思ったのだ」

だから話を聞いて欲しいと言うと、ファルゼンは枕元に置かれた剣をたぐり寄せつつデイモンを睨む。

「……五分以内で話せ。一秒でも超過したら、僕は貴様を斬る」

物騒な物言いだが、一応話は聞いてくれるらしい。

それにほっとして、デイモンは自分の身に起きている変化について、相談を始めた。

「突然だが、仕事が手につかない理由とは何だろうか？」

「朝っぱらから聞く質問かそれは」

「私には重要なことなのだ」

「……まあ確かに、貴様は仕事以外には何一つ取り柄のない人間だからな」

ファルゼンの言い方には嫌みが込められていて、普通の人ならば怒るところだろう。

けれどデイモンは彼の言葉にまったく動じない。それどころかデイモンを的確に表現する彼に、ひどく感心していた。

「私も同じ考えだ。だからこの身は、一生仕事に捧げるつもりだった」

出自を思えば、デイモンはこのような穏やかな国でのうのうと暮らせる人間ではない。

ゆえに居場所を失わぬよう、自分を家族に迎え入れてくれた者たちに尽くし、奉仕することだけを考えて生きてきた。

そのために選んだ仕事は、この平和な国では快く思われない類《たぐ》いのものだが、日の当たらぬ場所で粛々《しゅくしゅく》と職務をこなすことこそ自分の生きる道だと思ってきた。

(にもかかわらず……私は……最近おかしい……)

そう思うからこそ、デイモンは弟のもとを訪れたのである。

「私はずっと仕事一筋で生きてきた。なのに近頃、別のことに気を取られすぎている」

「別のこと？　まさか女とか言い出すんじゃないだろうな!?」

突然怒り出すファルゼンに、デイモンは首を横に振る。

「いや、ミーちゃんだ」

「ふざけた名前の女だな」

「女ではなく雌だ。ミーちゃんは私が飼っていた猫だ」

三か月前に死んだが……と告げれば、ファルゼンは何やら複雑な表情を浮かべる。

「そしてミーちゃんが死んでから、仕事に身が入らない」

「……それは普通のことだろう。むしろ飼い猫が死んで何も感じなかったら、それこそ人間のクズだ」

「そういうものか？」

「ああ。貴様は既にクズだが、最低ではなかったようだな」

ファルゼンの言葉に、デイモンはほっと息をつく。

「だがまあ、猫の話題で良かった……。貴様に恋愛相談でもされたら、あまりの腹立たしさに剣を抜いてしまうところだった」

「恋愛など、私には縁のないものだ」

「だが、年齢的に、そろそろ結婚しろと周りが言い出す頃だろう」

「キリクも未婚なのに、私が結婚などできるはずがない」

キリクとは、デイモンとファルゼンの兄であり、スカーナ国の現国王だ。

少々暑苦しいところもあるが、異なる母を持つデイモンを受け入れている心の広い男である。

そんな彼をデイモンはいい男だと思うが、残念ながら彼もまた恋愛には縁遠い。

「兄上はしばらく未婚だろう。女心があれほどわからない奴も珍しいし」

「そうなのか？　本人は女性の心を摑む天才だと言っていたが」

「そろそろ三十路の童貞を天才とは言わない」

「運命の人と出会ったときのために、あえて大事に取っているのだと話していたぞ」

「兄上の言うことを真に受けるな」

念押しし、ファルゼンは手にしていた剣を放り出す。

「それより話を戻せ。猫が死んで悲しいから、僕にそれを癒やせとかそういう話か？」

「お前にとは言わないが、どうすれば元の自分に戻れるのか教えて欲しい」

「ならミーちゃん以上に夢中になれるものを見つければいい。そうすれば気も紛れるだろう」

「例えば？」

「僕が知るか！　女でも酒でも、好きなものを試せ」

投げやりに言って、ファルゼンは再び身体を横たえる。

もうそろそろ五分だという意思表示に、デイモンは口調を速めた。

「だが、今はミーちゃんのことしか考えられそうにない」

「寝ても覚めても猫か……。ならいっそ、猫の耳や尻尾が生えてる女の子でも探せ」

「ああ、それなら見つけたぞ」

「――――はあ!?」

ファルゼンがものすごく怪訝な顔で飛び起きる。

「そんなに驚くことか？」

「き、貴様が柄《がら》にもなく冗談を言うからだ」

「冗談など言っていない。彼女には、毎朝起こしてもらっている」

「それこそ冗談だろう!?　冗談だよな!?」

「事実だ。猫耳と言っても飾りだが」

「ちょっと待て、思考が追いつかない」

そう言ってデイモンを黙らせると、ファルゼンは何やら真剣に考え込む。

しばらく見守っていると、ファルゼンは「駄目だ」とか「これは夢か」などと言いながらデイモンに視線を戻した。

「とりあえず、その猫耳の少女について詳しく話せ」

嘘は言うなと念を押されたので、デイモンは事の発端を思い出す。

「とある女を仕事で尋問していたときのことだ。先週、違法賭博《とばく》の件で捕らえたエドワルド家のことは覚えているか？」

「あそこの娘とは以前付き合ったことがある。性格が悪かったのですぐに別れたが」

「その娘から父親についての情報を得るために、ミラルダ様の茶会で接触したんだ」

デイモンは表向き騎士団の財務部勤務となっているが、彼の本来の仕事は、貴族の行動を監視し犯罪の証拠を探る諜報《ちょうほう》活動である。

デイモンはコウラン国にいた頃、王族の密偵をしていた。

内乱の絶えないコウラン国では、貧しく身寄りのない子どもを使って敵陣の情報を得ることが多く、デイモンもそうして利用されていた一人だった。

周りの子どもたちより身体能力に優れ、賢さも抜きん出ていた彼は、名のある武臣たちに重宝《ちょうほう》され、僅か十三歳で王族の下で働くまでになった。

それから七年の間、彼は王族の密偵として働き、情報と命のやりとりを重ねた。そのまま汚い世界で生き、死んでいくのだろうと思っていた矢先、偶然、本当の父親に出会ったのである。

その後、スカーナ国へ亡命したが、培った諜報の技術をさび付かせるのは勿体《もったい》ないと思い、この国でも同じ仕事を続けている。

ただしスカーナ国はコウラン国とは違い、驚くほど平和な国だ。そのため彼が扱う事件は小さく、探りを入れる貴族たちは小物ばかりである。

だがどんな小物でも、悪事を働いた者たちを放っておけばより大きな悪事に繋がる。ひいてはそれが国を脅かす存在になる可能性もあると考える彼は、国王の許可を得て騎士団内に秘密諜報部を作り、貴族たちの動向を日夜監視しているのである。

そんな彼の直近の仕事は、スカーナ国では禁止されている賭博場の経営をしている貴族の捕縛だった。

証拠集めの一環としてデイモンが近づいたのが、リリアナと出会った際に会っていた女性である。

「エドワルドの娘と、猫耳がどういう関係だ？　もしや、その娘が猫耳少女なのか？」

「猫耳をつけたのは、尋問中に現れた別の子だ」

部屋に入ってきたリリアナを見たとき、デイモンが最初に感じたのは焦りだった。

諜報部の活動は秘密裏なものだし、あのときデイモンは少々手荒な方法で尋問をしていた。

情報は得られたものの、相手を失神させてしまい、さてどうしようかと考えていたところだったのである。

「最初は面倒なことになったと思った。口封じをすべきかとも考えた」

「物騒なことを考えるなと常日頃から言っているだろう！　ここはコウランではないぞ！」

「わかっている。今回も穏便に済ませようとすぐに考えを改めた」

だから軽く脅そうとしたのだが、結局実行に移せなかった。

「黙らせようと近づいたとき、その子がミーちゃんにそっくりだと気がついたんだ」

「その子は人間……だよな？」

「だが髪と瞳の色……そして少し怯えた顔で私を見上げる眼差しが、ミーちゃんそっくりだったんだ。だから私は、持っていた猫耳を――」

「待て！　持っていた猫耳とは何だ!?」

いったいどこでそんな珍妙なアイテムを手に入れたのだと、ファルゼンが問う。

「兄上からもらったものだ。ミーちゃんの死を悲しんでいた私を見た兄上に『猫が恋しいなら、恋人にこれでもつけろ』と押しつけられた」

たまたまそれを持っていたデイモンは、つい出来心で彼女の頭に耳をつけてしまったのである。

「猫耳をつけたら、ミーちゃんにしか見えなかった」

「その娘は、大層驚いただろうな……」

「驚きすぎて若干怯えていた。そしてそこが、怖がりなミーちゃんにそっくりで可愛かった」

デイモンの言葉に、ファルゼンはげんなりした顔をする。

「だから、その子を側に置き、起こしてもらっていると？」

「ああ。彼女のことが忘れられなかったので、つけ回して素性を調べて手を回した」

「貴様の諜報技術が、意外なところで役に立ったな……」

「ああ。生きるために身につけた技が、こんなことに役立つとは思わなかった」

「今のは皮肉だ。真面目に返すな」

大きなため息を溢し、ファルゼンは害虫でも見るような眼差しをデイモンに向ける。

「まさかとは思うが、つけ回したあげく誘拐したわけではないよな？」

「そんなわけないだろう。彼女はミラルダ様のところにいる行儀見習いだと聞いたから、正面から『彼女が欲しい』とお願いした」

彼女がミーちゃんに似ていること、それ故側に置きたいと話したときは少々怪訝な顔をされたが、最後は快く許可してくれた。

おかげで、デイモンはリリアナを側に置くことができたのだ。

「私の願いなど聞いてくれないと思っていたから、あっけなく許可を出されて驚いたくらいだ」

「母上は不幸な奴に甘いからな……。馬鹿げた世迷い言をのたまう王子など、城から追い出してしまえばいいのに」

「私もそうなる可能性を予想していた。だが彼女のことを大事に扱うと約束したら、許可してくれたぞ」

約束も守っていると告げると、ファルゼンは探るような視線をデイモンに向ける。

「だが、毎朝いやらしく起こしてもらっているのでは？」

「いやらしいことなどしていない。ミーちゃんに、そんなことができるものか」

「ミーちゃんではなく人間の女なんだろう。手を出すのが普通だ」

「断じてない」

「絶対嘘だろ！　猫みたいな可愛い子なら、触りたくなったりキスしたくなったりするはずだ！」

「それはある」

「おいっっ!!」

いつになく大きな声で突っ込まれ、デイモンも僅かに言葉に詰まる。

「ミーちゃんにもしていたし、可愛いと思う気持ちは恋愛感情とは別物だ」

「彼女は人間だぞ」

「私にはミーちゃんにしか見えないし、人への情愛とは別物だろう」

それに愛がどういうものであるか、デイモンは正直わからない。

幼い頃に家族を失い、一人で生きてきたデイモンにとって愛情は縁遠いものだ。

そのせいで未だ義理の兄弟との接し方にも戸惑う自分が、リリアナのような普通の少女に、愛情を抱くなんて考えられない。

「もしや、その子のことを考えて仕事に手がつかないのか？」

「ああ。新しいミーちゃんのことも、よく考えてしまう」

猫のミーちゃんが生きていた頃も、今何をしているか、どこで過ごしているのかと、デイモンはよく考えていた。

そして今、あの頃と同じように、デイモンはリリアナに思いをはせることが多い。彼女のことが気になり、暇を見つけては仕事場を抜け出し彼女を探す日々である。

「お前が言うとおり、私はミーちゃんの死を引きずっているのだろう。だから彼女の姿が見えないと不安になり、つい探してしまう」

そして彼女に会えるとほっとして、その姿を目で追い、触れたいと思ってしまうのだ。

「死とは、人を狂わせるものだな」

「それを言うなら、愛だろう……」

「私がミーちゃんに抱いていたのは、愛だったのだろうか」

考えてもよくわからないが、確かに今までにない特別な気持ちをミーちゃんには感じていた。

(そのせいで、私はミーちゃんの死に動揺し、おかしくなっていたんだな)

ここ最近の不審な行動の理由がわかり、デイモンは晴れ晴れとした気持ちになる。

そんな彼の姿を見ていたファルゼンは、不憫なものでも見るような眼差しをデイモンに向けた。

「ちなみに聞くが、貴様が夢中になっているそのミーちゃんとは誰だ？」

「誰とは？」

「本名だ。母上のところにいるってことは、貴族の令嬢なのだろう？」

「サンティーニ伯爵の長女だ」

「待て！　あのドジっ子で有名なリリアナ＝サンティーニか？」

驚くファルゼンの顔を見て、デイモンはリリアナのそそっかしさを思い出す。

あの抜けっぷりはすごいと思っていたが、どうやらそのことは周知の事実らしい。

「あまりのやらかし具合に、ゴシップ誌にも時折記事が出る女だぞ」

「その雑誌は、いくらで買えるだろうか」

載っているすべてが欲しいと言うと、ファルゼンはげんなりした顔をする。

「あんな女のどこがいい！　ドジすぎて、もう三回も婚約を破棄されているとゴシップ誌で読んだぞ！」

「その三人は見る目がないな」

「むしろあるだろう！　行儀見習いを三年も続けている女がまともな妻になれるわけがない」

ファルゼンはそう言うが、デイモンは同意できなかった。確かにリリアナはドジで間が悪いが、所作は綺麗だし、どんなときも礼儀正しく何より常に愛らしい。

彼女の顔を見ているだけで心地よい気分になるし、目覚めに彼女を撫でるだけでその日一日は気分良く過ごすことができるのである。

「彼女が毎日側にいたら、それだけで素晴らしい人生になると思うのだが……」

「そう思っているのは貴様くらいのものだ。スカーナ中の男にそっぽを向かれているようだし、噂では行儀見習いを卒業したら修道女になるらしいぞ」

「そ、それは駄目だ！」

ファルゼンの言葉を聞いた瞬間、デイモンの脳裏をよぎったのは、彼女が自分のもとから去って行く光景だ。

修道女になってしまったら、男とはそう簡単には会えない。それを実感した途端、急に喉の奥が詰まり、言葉どころか息をすることさえままならなくなってしまう。

そのままフラフラとよろけたデイモンに、ファルゼンが不安げな視線を向ける。

「別に修道女になる女など珍しくないだろう。むしろ、結婚して誰かのものにならないだけ良かったと思え」

「結婚……」

それはもっと嫌だと考えた直後、デイモンははっと顔を上げた。

「ファルゼン、先ほど結婚などできないと言ったが、あの言葉を撤回してもいいだろうか」

「待て！　貴様、今とんでもないことを考えているだろう！　それはやめろ、それだけはやめろ！」

ファルゼンが何やら慌て出したが、デイモンの耳に彼の言葉は何一つ届いていない。なぜなら、リリアナと会えなくなる未来を回避するたった一つの方法に気づき、そのことで頭がいっぱいになっていたからだ。

＊＊＊

デイモンの住まいは元々海外からの来賓が宿泊する宮殿だったらしく、内部には大小様々な客室がある。その中でも一際大きい部屋が、リリアナに与えられた仮の住まいだった。

その中に置かれた豪華すぎるベッドに横たわりながら、彼女は一人、眠れぬ夜を過ごしていた。

リリアナもそれなりに名のある貴族の娘ではあるし、実家の部屋も広く立派なものだったが、長いこと行儀見習いに出され、質素な部屋に慣れた今はこの広さは慣れないし落ち着かない。

ミラルダの宮殿であてがわれた部屋は狭くはなかったが、マリナと相部屋だったし、他の少女たちの出入りもあったのでそれほど広くは感じなかったのだ。

(ここは、一人でいるには寂しすぎる……)

そのため昼間は部屋ではなく外で過ごすことが多い。そのせいでデイモンにちょくちょく遭遇し、驚かされることもしばしばだが。

(けれど、今日は一度もデイモン様に会わなかったわね)

宮殿を三歩歩けばデイモンに出会う……というのは大げさだが、リリアナの体感ではそのくらい頻繁に彼と会っている気がする。

なのに今日は、仕事中を除けば彼とまったく顔を合わせていない。

道を横切る姿すら見えないのは初めてで、今更のように彼に何かあったのではと不安になる。

(騎士団のお仕事でお忙しいのかしら?)

今までの方がおかしかったのだと思おうとするが、一度芽生えた不安はなかなか消えず余計に眠れない。

仕方なく身体を起こすと、気分を変えるために、リリアナはバルコニーへと続く窓を開けた。

二階にあるリリアナの部屋からバルコニーへ出ると、宮殿の美しい中庭が一望できるので、眠れない夜はよくこうして庭を眺めている。

リリアナがこっそり時間を潰していた庭とは違い、中庭の草木は美しく手入れがされ、中央の噴水は絶えず綺麗な水がしぶきを上げていた。

その中庭を取り囲むように部屋が並んでいるのだが、使われているのはリリアナのいる部屋だけらしく、灯りがともっている部屋はない。

（そういえば、デイモン様を訪ねてくる方って見たことないかも……）

ミラルダの宮殿には毎日のように客が訪れていたので、この人気のなさと静けさにはもの悲しさを覚える。

（やっぱり、あの噂のせいなのかしら）

彼と付き合う女性は皆不幸になるという噂が立っているなら、彼を忌避《きひ》する者は少なくないだろう。

（デイモン様は、そこまで悪い人には思えないのだけれど……）

少々変わってはいるが、誰かを不幸にするような人には見えない。少なくとも宮殿の使用人たちには好かれているようだし、傍若無人な振る舞いをしている様子もなく、身分に関係なく誰にでも親切にしている。

それはリリアナに対しても同じで、無愛想ではあるが決して冷たい人間ではないのだ。

（だからそのうちまた、恋人もできるんじゃないかしら……）

そう思った瞬間、なぜだか少し胸が苦しくなり、リリアナは戸惑う。

身体の変調を怪訝に思いつつそっと胸を押さえていると、不意にどこからか視線を感じた。

「……こんな時間に、何をしている」

不満げな声がして驚いて辺りを見回すと、リリアナの部屋の真正面にある客間のバルコニーに人影が見えた。

「外に出るなら、厚着をしろ」

先ほどよりも大きな声に導かれ、目をこらしたリリアナは小さく息を呑む。

向かいのバルコニーにいたのは、なんとデイモンだったのだ。

「デ、デイモン様こそどうしてそこに!?」

声を張り上げながら、リリアナは尋ねる。

向かいの部屋は使われていない客間のはずだ。

(あっ、もしかして……本当に恋人がいたのかしら……)

頭をよぎったのは、最初に出会ったときの光景だ。もしかしたら誰か女性がお忍びで訪ねてきているのかもしれないと思い、リリアナは思わずうつむいた。

よくは見えないが、デイモンがまた裸だったらと思うと顔を上げられなかった。

「なぜうつむく」

だがそれが、デイモンは気に入らなかったらしい。

「ま、また、お邪魔をしたのかと……」

「邪魔？」

「わ、私は何も見ておりません！　失礼します！」

「いったい何を勘違いしている、逃げるな！」

いつになく強い口調で呼び止められたことに驚き、リリアナはたたらを踏む。

そのまま背後の窓にゴッンと頭をぶつけたリリアナは、痛みにうめき声を上げた。

「おい、大丈夫か！」

「へ……平気です……」

痛みと衝撃で自然と涙がこぼれたが、リリアナは平気だと示すように手を振った。

その手がベランダの柵《さく》に当たり、またもや間抜けな音を立てたが、リリアナは大丈夫だと言い張る。

「そこにいろ、すぐに行く」

「だ、駄目です……もしかしたら血が出てるかも……」

「ならばなおさら放っておけるか！」

慌てた声が響いた直後、木の枝が折れるような派手な音がした。

もしやデイモンもどこかに身体をぶつけたのかと、リリアナは涙を拭い、振り返った。

「――――っ!!」

遠くにあったはずの彼の顔が、バルコニーの柵の向こうに現れたのはそのときである。

声にならない悲鳴を上げた瞬間、柵を軽々と乗り越えデイモンがリリアナの側に立った。

それから彼はリリアナの頬を大きな手でそっと挟み、怪我がないかを確認するように顔をぐっと近づけた。

「ど、どうやってここまで……！　ここは二階ですよ!?」

「飛び降りて上ってきた。その方が、廊下を回るより早いからな」

「あ、危ないです！」

「私は君と違って転んだり落ちたりしない」

とはいえ二階の高さから飛び降り、同じ高さの壁を登るなんてどうかしている。運動神経は良さそうだが、それでも王子がすべきことではない。

「赤くなっているが、切ってはいないようだな」

言いたいことはたくさんあったのに、言葉は何一つ出てこなかった。

リリアナの顔を見分していたデイモンが、ほっとするように微笑んだからだ。

彼の柔らかな微笑みを間近で見たリリアナは、真っ赤になったまま硬直する。

その間も、デイモンはリリアナを気遣うように頬を優しく撫でるので、彼女の胸は壊れたように高鳴り続ける。

「涙目になっているが、痛むか？」

問いかけに、リリアナは慌てて首を横に振る。

「君は本当にそそっかしいな」

「すみません、慌ててしまって……」

今度はなんとか答えられたが、動揺したせいで声は掠れて震えてしまう。

「なぜ慌てた。それに、どうして私から逃げようとした」

「お、お邪魔かと思ったのです。それに、裸でいらっしゃるかと思って……」

「裸？」

首をかしげるデイモンを見て、リリアナは今更のように彼がちゃんと服を着ていることに気づいてほっとした。

その様子をじっと見つめたあと、デイモンは合点がいったという顔で頷く。

「また、気まずい状況に遭遇したと思ったのか？」

頷くと、リリアナを宥《なだ》めるようにデイモンがよしよしと頭を撫でてくる。

それにまたドギマギしていると、再び彼が柔らかく微笑んだ。

「安心しろ、私は一人だ」

「では、どうして客間のバルコニーに？」

「あの部屋を改装しようと思い、考えを練っていた。日当たりも眺めも良いので、あそこを夫婦の部屋にしようかと思っていてな」

「夫婦って……もしかして結婚なさるのですか？」

驚いて尋ねると、デイモンは静かに頷いた。

その途端、リリアナの胸がまた締めつけられる。息が詰まるような感覚に戸惑い、そっと胸に手を当てる。すると、デイモンが慌てた様子でリリアナの肩を摑んだ。

「具合が悪いのか？」

「いえ、大丈夫です……」

「顔色が悪い。今すぐ医者を呼ぼう」

「お、大げさです！」

大丈夫だと言っているのに、デイモンはいきなりリリアナの身体を抱き上げる。そのまま横抱きにされ、いつもは見上げていた彼の顔がぐっと側に近づいた。

「あ、あの……本当に大丈夫です！」

「駄目だ。君の身体に何かあったら困る」

「大げさすぎます。私が倒れたところで、デイモン様が困ることは何も……」

「大いに困る。来週には式を挙げたいし、明日はドレス選びもあるからな」

「……は？」

間の抜けた声と顔をデイモンに向け、リリアナは固まった。

(今、何か……おかしな単語が聞こえなかったかしら)

聞き間違いか、冗談かと考えているうちに、デイモンはリリアナをベッドに優しく横たえた。

「それに、明日は君の両親とミラルダ様も来る。だから医者にかかるなら今のうちがいい」

「ま、待ってください！　なぜ私の両親が!?」

「祝いの品を持ってきてくれるそうだ」

「い、祝いの品……とは？」

「私たちの結婚祝いに決まっているだろう」

私たち、と言いながら、デイモンはリリアナと自分を交互に指さす。

「ま、待ってください！　私たちがけっ……けっ……!?」

あまりのことに口が震えて言葉が出ない。だがデイモンはリリアナの言いたいことを察したらしい。

「ああ、結婚する」

「なっ……なな……」

「君が婚約者に逃げられて困っていると聞いたからだ。そして行儀見習いを終えたら修道女になるというのでな」

「そっ……そそそ……」

「修道院に入ったら毎日会えないだろう？　それは困ると悩んでいたら、結婚という名案を思いついた」

リリアナの考えを完璧に読み、デイモンははきはきと答えてくれる。ただ、言っていることはメチャクチャだ。

（突飛な方だとは思っていたけど、ここまでだったなんて……！）

思わず頭を抱えてから、リリアナは自分を落ち着かせるために大きく深呼吸をした。

「そ、そんなことで、結婚を決めるなんて、間違っていると思います」

「なぜだ」

「なぜって、殿下はこの国の第二王子で……」

「肩書きだけの王子だ。王位継承権もとうの昔に捨てたし、王子の肩書きに価値はない。むしろ無価値な男で申し訳ないくらいだが、少なくとも今までの婚約者たちより財力も体力も容姿も優れていると思うので、勘弁願えないか」

確かに、これまで名前のあがってきた婚約者たちは、皆リリアナよりずっと身分が低い男性ばかりだった。彼らの目的は伯爵家からの結婚持参金であり、リリアナ本人に興味を持ってくれる人はいなかった。だからいつまで経っても行儀見習いが終わらず、いつ淑女になるかわからない女を簡単に見限っていくのだ。

「デイモン様に問題が無くても私にはあります。私はまだ行儀見習いです」

「それのどこが問題なんだ？」

「あと二か月ですが、もしその間に何か失敗したら……」

「失敗しても構わないだろう」

リリアナは耳を疑った。

デイモンの言葉は、家族や周りから『失敗するな』と言われ続けてきたリリアナにとって、あまりに意外なものだった。

「行儀見習いを終えられなくても結婚はできるからな。もちろん、君が淑女になりたいというなら今後も見習いを続ければいいし、無理ならやめてもいい」

「本気でおっしゃっているのですか？」

「ああ。私の側にいてくれるなら、肩書きは関係ない」

デイモンはリリアナの頬をそっと撫でる。その手つきにリリアナはドキリとしたが、続いた言葉によって我に返る。

「だって、猫は自由に生きるものだろう？」

「ね、猫……？」

「君はもう私の猫だ。だから今後、君は私が庇護する」

「そのために結婚したいと……そういうことですか？」

「ああ。私の願いも、君の問題も一気に解決できる名案だろう？」

確かに解決はできる。しかし何かが決定的に間違っている。

「ということで、今後ともよろしく頼む」

「あの、私はまだ結婚するとは……」

「嫌なのか？」

普段はさほど感情のない顔が、切なげに歪んだ。

飼い主に捨てられた犬のような顔をされると、ひどく悪いことをしたような気分になり、リリアナは言葉に詰まる。

「私が嫌いか？」

「そっ、そんなわけありません！」

突飛でおかしなことをしでかすデイモンだが、彼はいつもリリアナに親切だし優しい。

彼と過ごす時間は驚きに満ちていたが、決して苦痛ではなかった。

「では結婚しよう。そうすれば君は今後を心配する必要が無くなるし、私は思う存分君を可愛がれる」

デイモンは枕元に置いてあった猫耳をリリアナの頭にそっとのせた。

(結婚って言うけれど、デイモン様は新しい猫を飼うくらいの気持ちなのね……)

そんな気持ちで結婚を決めていいのかと思う一方で、今後の身の振り方を悩んでいたのは事実だ。

だからといって甘えていいとは思えないが、黙っているリリアナを見たデイモンは、そこでまた切なげな表情を浮かべる。

(駄目だ、この顔を見てると……嫌って言えない……)

「ほ、本当に私でよろしいのですか?」

「君以外には、考えられない」

愛おしいものを見るように目を細め、デイモンが柔らかく囁《ささや》く。

まるで恋人に向けるような表情に、リリアナは思わず見とれ、言葉を失った。

(恋人じゃなくて……私は猫なのに……)

彼が愛おしく思っているのは自分が似ているというミーちゃんなのに、まるでリリアナが欲しいとそう言ってくれているように思えてしまう。

「だから結婚しよう」

そこに恋愛感情はないと知りつつも、結局リリアナは彼の申し出を拒むことができなかった。

第三章

「さあ、今日からここが私たちの部屋だぞ」

改装したての夫婦の寝室に入ると、デイモンがいつになく嬉しそうな顔でリリアナを迎え入れた。

（ああ、本当に……この日が来てしまったのね……）

突然の求婚から僅か一週間。リリアナの動揺もおさまらないうちに、デイモンは結婚のための段取りをすべて整えてしまった。

というより、リリアナに求婚した時点で彼は結婚の準備をほぼ終えていたと言っても過言ではない。既に双方の家族に結婚の許可を取り付けていて、おかげでリリアナは家族やミラルダに再会するやいなや、祝福の言葉をかけられ大変戸惑った。

その時点ではまだ彼との結婚を迷っていたが、泣いて喜ぶ両親を前にしてはそれも言えない。加えて公務で忙しいはずの国王キリクまでもが『弟を頼む』と祝福に現れたから、もはや逃げ道などあるわけがない。

とりあえず、行儀見習いが終わるまでは結婚を公表せず、式を挙げるのも待って欲しいという願いだけはなんとか伝えたが、既にリリアナの荷物はデイモンの宮殿に運び込まれてしまったし、書類などもすべて受理されているので実質デイモンの妻である。

（どうしよう、今になって緊張してきてしまったわ……）

あまりの展開の速さに、リリアナは結婚についての実感がなかった。だがこうして真新しい寝室に足を踏み入れると、これまでのことは夢ではないのだ思わされる。

「何か気に入らない点があるか？」

緊張で身動きが取れなくなっているリリアナを見て、デイモンが首をかしげる。

「い、いえ、素敵なお部屋だと思います」

「何か置きたいものがあれば言ってくれ」

「むしろ今くらいの方がいいです。物があると、すぐ壊すので……」

言われずとも察しているからか、二人の寝室には花瓶などの調度品はない。唯一、暖炉の上に時計が置かれているが、しっかりと固定されているし、ソファや書き物机や四柱式ベッドのつくりもとても立派で、リリアナが多少粗相をしたとしても壊れることはないだろう。床には柔らかなカーペットも敷かれているから、いつどこで転んでも怪我をすることもなさそうだ。

「色々とお気遣いいただいて、ありがとうございます」

「礼はいらない。妻を気遣うのは、夫の務めだろう」

妻と夫。まだ慣れぬ呼称に、リリアナは落ち着かない気持ちになる。

(この人が私の夫だなんて……とても変な気分だわ)

そう思ってしまうのは、夫婦らしいことをまだ何一つしていないからかもしれない。

(でも、キスは一度だけしたんだった……)

突然すぎるキスのことを思い出すと、それだけでリリアナの顔は火が付いたように赤くなる。

恥ずかしさのあまり頬に手を添えると、デイモンがじっとリリアナの様子を見つめてきた。彼に視線を向けられると気持ちが乱れるが、無視するわけにもいかない。

火照る顔を隠したままぎこちない笑顔を向けると、デイモンは目を見張った。

「……手を出したくなるとファルゼンが言っていたのは、正しかったのだな」

「え?」

「まだ早いが、いいか?」

「いい……とは?」

「寝ようかと」

「あ、はい、もちろんです」

どうぞお休みくださいませと笑みを深めた瞬間、デイモンはリリアナの腰を抱き寄せた。

「では」

言うなり、彼はリリアナを軽々と抱え上げる。あまりの早業に動揺する暇もなく、リリアナはベッドまで運ばれ、コロンと転がされてしまう。

「え？」

「ん？」

ポカンとした声に、ポカンとした顔を返され、リリアナはデイモンと見つめ合ったまま硬直した。

(寝るって……まさか、あの……そういう意味……の!?)

今更のように言葉の意味を悟ったが、悟ったところで思考も身体もこの状況に追いつかない。

結婚を決めたときから、いずれこういう状況がやってくることは覚悟していたが、それがこんな始まりだとは思わなかったのだ。

(もうちょっと、甘い感じで始まるのかと思っていたけど……違うのね……)

それとも、自分が何か間違えて雰囲気を壊してしまったのだろうかと悩んでいると、デイモンが小さく首をかしげる。

「私は、何か間違えているか？」

尋ねられ、リリアナは慌てて首を横に振る。

「いえ、あの、むしろ私が何か間違えたのかと……」

とはいえ何を間違えたのかもわからないと素直に言うと、デイモンはリリアナの顔を覗き込むように覆い被さってきた。

「こういうことは、初めてか？」

「初めてだと、まずいでしょうか……」

「いや、経験の有無は気にしない」

ただ……と、そこで彼は、何かを堪えるように顔をしかめた。

「初めてなら優しくしたいのだが、どうも私は調子がおかしい」

言いながら、リリアナの唇をそっと指で撫でる。

「君を見ていると、踏むべき手順が浮かばない。先にキスをすべきか、それとも服を脱がせるべきかさえわからなくなる」

「じゅ、順番があるのですか」

「厳密にはないが、こんなことで迷ったのは初めてで、私も戸惑っている」

どこか途方に暮れたような顔を見て、リリアナは申し訳ない気持ちになってくる。

「もしかして、それは私に色気がないからでしょうか……」

自分自身に目を向けて、リリアナはそうに違いないと確信した。

リリアナは、同じ年頃の娘より細身で華奢《きゃしゃ》な上に、少し胸が大きすぎる。それを隠したくて、身につけるドレスは肌の露出も少ないし、転んでも破れないようにリボンやレースといった装飾もあまり付いていない。目元は愛らしいと言われるが、全体が地味な上に化粧っ気もないので、その魅力だって生かし切れていないのだ。

唯一デイモンの気を引けるのは、彼のためにつけたままにしている猫耳だが、それが余計に自分を女性として見ることができない要因になっているのではと思う。

「気持ちが乗らないのも当然ですよね……」

ごめんなさいと謝ろうとしたが、それよりも早く、デイモンが彼女の唇を奪う。突然のことに目を閉じることさえできずにいると、「誤解するな」と怒ったように言われた。

「その逆だ。君が可愛すぎて、困っている」

「か、かわ……」

「驚く顔が特に可愛い。だから、君が一番喜ぶ方法で触れたいのに、そうするだけの余裕が無くなってしまう」

唇をなぞっていた指が頬へと退き、デイモンの眼差しがリリアナの唇に向けられる。デイモンの瞳には焦りと戸惑いと、欲情の色がはっきりと見てとれた。

「君を抱きたい。許してもらえるなら、私の思うままに」

彼が自分を求めているのだとわかった瞬間、リリアナの胸に芽生えたのは喜びだった。

それが表情に出ていたのか、デイモンはリリアナの答えを聞くよりも早く、再び唇を奪う。

口づけは瞬く間に深まり、差し入れられた舌がリリアナの熱を高めていく。

「……んっ……待って……」

気がつけば甘い声までこぼれ出し、リリアナは恥じらいからデイモンを遠ざけようとした。

だが腕で軽く押したくらいで大きな身体が揺るぐこともない。それどころか逆に腕を掴まれ、引き寄せられる。

「もう待てない」

言うなり、デイモンはリリアナの身体を抱き締める。

押し当てられた胸板は硬く逞しい。長身なのでさほど筋肉質には見えなかったが、たぶん彼はしっかり身体を鍛《きた》えているのだろう。

いったい服の下はどうなっているのかと考えてしまい、リリアナは慌てた。はしたない想像など今までしたこともなかったのに、彼に抱き締められていると、淫らな好奇心が芽生えてしまうのだ。

（私、今日はなんだかおかしい……）

身体も意識もいつもの自分ではない。それに戸惑い、身動きができなくなっていると、デイモンがリリアナを抱き締めたままベッドに倒れ込んだ。

同時に深い口づけが再開され、リリアナは小さく喉を鳴らした。

（どうしよう……。息も、できない……）

戸惑いに震えるリリアナの舌を、デイモンの肉厚な舌がすくい上げ、翻弄《ほんろう》する。

（こういうキスは……初めて……なのに……）

自分には難易度が高すぎると泣きたくなるほど、彼の舌使いは激しい。気が遠くなるほど長いキスをされ、酸欠で思考が甘く鈍り始める。

自分が自分でなくなっていくようで怖いのに、それ以上に甘美な刺激を感じたいという気持ちが勝っていく。

抵抗する機会を逃した身体からは力が抜け、ゆっくりと、しかし確実に、濃密な口づけに溺れ始めていた。

弱々しい喘《あえ》ぎ声がこぼれ始めたことに気づいたのか、デイモンは口づけを頬へ、耳へ、首筋へと移していく。

「やあっ……」

首筋に口づけられ強く吸われると、リリアナの口から、悲鳴のような声がこぼれた。

「ここが、好きか？」

「好きじゃ、ない……です……」

苦心して声を絞り出したのに、デイモンは信じる様子がない。

「君は嘘が下手だな」

微かに笑う気配がしたかと思えば、彼の舌先がリリアナの首筋を強く嬲る。

途端にビクンと身体が跳ねて、腰の奥が焼けるように痺《しび》れた。

（これは……何……？）

デイモンに口づけられると、意図しない反応と甘い疼《うず》きが全身に広がり、身体の自由が奪われていく。それがすごく怖いのに、同時にもっと強い刺激が欲しいと、心の奥底では思ってしまう。

「こうしていると、何かを感じるだろう？」

尋ねられても、リリアナはなんと言葉を返していいかわからない。

しかし潤《うる》んだ目を伏せるその表情だけで、デイモンは答えを知ったようだった。

「そんな顔をするな。君が嫌がることは絶対にしない」

小さく震えるリリアナの唇に、甘い吐息がかかる。

「怖いことは、何もしない」

啄むように、デイモンがリリアナの下唇を吸い上げる。

先ほどとは違い、荒々しさはなかった。押しのけることもきっとできた。

なのにリリアナは、ただただキスを受け入れてしまう。

「嫌ならやめるが、どうする？」

「……その、尋ね方は……ずるいです……」

戸惑ってはいるが、ひどく優しいキスをされて、嫌だなんて言えるわけがない。

「私に身を委ねろ」

普段はあれほど無愛想なのに、向けられた言葉も笑顔も艶《つや》やかで甘い。

そんなデイモンを見ていると冷静な判断ができなくなり、拒絶の言葉はついに口にできなかった。

「……あ、ぅんッ……」

再開された口づけは、優しくも激しかった。

何も知らない初心《うぶ》な唇を、デイモンは音を立てて吸い上げ、赤く淫らな色へと染めていく。唾液を口の端から溢しながら、リリアナは口内を犯す舌の動きに、なすすべもなく翻弄された。

息が苦しくて辛い。でももっと激しくして欲しいという気持ちが芽生える。リリアナは、我に返る暇さえ与えられず、デイモンの舌使いに身体も心も溶かされていくばかりだった。

「君はキスが上手だ」

口づけの合間に甘い言葉を挟みながら、デイモンの長い指がドレスの留め金を器用に外す。

それからデイモンはコルセットを素早く緩め、ドレスごとずり下ろした。

緩んだドレスからリリアナの豊満な胸がこぼれ、そこで彼女ははっと身体を強張《こわば》らせた。

「だ、だめ……です」

露出した乳房を隠そうとするが、リリアナの小さな手のひらでは、大きな胸はとてもではないが隠しきれない。

「美しいのに、なぜ隠す」

「う……美しく……ないです……」

スカーナ人の平均より、リリアナの胸はかなり大きい。そして大きすぎる胸はこの国では好まれない。

だから普段はかなりきつく締めつけ、胸の大きさがわからない服を着ることが多かった。

「形も大きさも素晴らしいのに、なぜそう思う」

なのにデイモンは、貶《けな》すどころか褒《ほ》めてくれる。

「お世辞は……いりません……」

「世辞ではない。私は君の胸が好きだ」

だから隠すなと言いながら、デイモンはリリアナの手を優しく摑む。

「好きだからここに触れたい、駄目か？」

瞳には情欲が宿っているのに、向けられた表情は大人に甘える子どものようにも見えて、リリアナから抵抗の言葉を奪い取ってしまう。

「ずるいわ……」

かわりにこぼれたのはすねた声だったが、デイモンはそれを許可だと受け取ったらしい。

未だ退けられずにいるリリアナの手の上から、彼は乳房に触れた。

デイモンの手のひらはリリアナよりずっと大きいので、手の上からでも易々と胸を持ち上げてしまう。

「ふ……あぅ……」

たわわな胸を押し上げるように揉《も》まれると、また甘い痺れが腰の奥から広がり始めた。

乳房の柔らかさを確かめるように、無骨な指がじっくりと彼女の膨《ふく》らみを撫で、時折優しく指を食い込ませる。

「やぁ……待って……」

声を溢さないよう頑張っていたのに、デイモンに胸を愛撫されると、身体の奥から愉悦《ゆえつ》が勝手にあふれ出す。

「君は、胸も敏感なようだ」

リリアナの変化を見抜いたように、デイモンがふっと笑みを溢す。

それから彼は、リリアナの手をゆっくりと胸から外し、ぴんととがり始めた右の頂《いただき》に唇を寄せた。リリアナの乳首をそっと口に含み、ちゅっと優しく吸い上げられる。

「だめ……そん、な……」

口を使った愛撫があるなど夢にも思わなかったリリアナは、柔らかい唇の感触に戸惑い身を固くする。

だがそれもつかの間のことで、舌先で転がすように胸の先端を嬲られると、我慢していた声がこぼれ、強張った身体からは再び力が抜けてしまう。

「ん……そこッ……変に……」

左の頂を舌で、右の頂を指先で捏ねるように刺激され、リリアナの腰が小さくはね上がる。

止めようとするが、デイモンの舌と指先はリリアナの官能を巧みに引き出し、身体からは力が抜けていくばかりだった。

淫らに跳ねる身体を持て余しながら、リリアナは蕩《とろ》けた目でデイモンを見る。視線に気づいた彼もまた上目遣いでリリアナをうかがうが、その表情にもう幼さはない。

飢えた獣のような眼差しには熱情がともり、リリアナの乳房に食らいつく顔には彼女を蹂躙《じゅうりん》したいという欲望がありありと浮かんでいる。

毎日のように顔を合わせているはずなのに、今目の前にいるデイモンはまるで知らない男のようで、ほんの少し恐ろしくなる。

「……ん、ぁあッ……ン」

けれど恐怖で我に返るより早く、胸から顔を上げたデイモンに再び唇を奪われる。

食らいつくような口づけは瞬く間にリリアナの意識と身体を蕩かし、彼に抱いていた恐怖は官能によってかき消された。

ただされるがまま、リリアナは甘い声を溢しながら口づけを受け入れる。そうすることに抵抗感すら無くなり始めた頃、デイモンの手がゆっくりとドレスの中へと入り込んできた。

裾をたくし上げられ、あらわになった太ももを強くなで上げられると、そこでようやく自分が淫らな格好にされていると気づく。

「あ……デイモン様……」

これからいったい何をするのかと聞きたくて、キスの合間に彼の名を呼ぶ。しかしそれはデイモンを煽る結果となり、太ももを撫でていた手が下着の中へと滑り込む。

「う、そ……、だめ……ッ」

抵抗の声がこぼれたが、花弁をこするデイモンの指先が、リリアナの言葉と理性を封じ込める。

「あっ……ンッんッ!!」

人差し指が襞の間を滑り、蜜に濡れ始めた肉芽を刺激する。感じたことのない甘美な疼きに、リリアナは身体をのけぞらせた。

自分でさえろくに触れたことのない場所を触れられるのはとても怖い。

なのに恐ろしさは強い愉悦に押し流され、リリアナの口からは言葉にならない甘い悲鳴だけが絶えずこぼれていた。

「すごいな。蜜で、もうこんなに濡れている」

「あっ……そんなに強く……だ、めっ……」

陰唇をこすりあげる指に蜜を絡ませ、デイモンは淫らな音を奏でていく。少しずつ速さを増す指使いにリリアナは翻弄され、彼女は全身を戦慄《わなな》かせる他ない。

(あぁ……身体がおかしい……熱い……)

リリアナの反応を満足げに見つめながら、デイモンは花芽に指を戻した。濡れた指先でそこをキュッとつままれると、リリアナは一際大きく身体を震わせ、背筋をのけぞらせる。

「いや……怖い……」

甘い痺れが全身を駆け抜け、意識が遠くへと追いやられそうになる。熱を持った身体はもはや自分のものとは思えず、快楽に身を委ねて意識を飛ばせば、もう二度と元の自分には戻れない気がした。

「恐れるな、何も心配はいらない。ただ身を任せていればいい」

デイモンが、だらしなく開いたリリアナの唇に舌を差し入れ、歯列をなぞる。

芽生えた恐怖を、彼はキスと愛撫によって溶かしていく。囁かれた言葉通り、リリアナはただ身を委ねるだけで良かった。

(ああ……すごい……気持ちいい……)

巧みな口づけをその身に受け、甘い愛撫に溺れるだけで、未だかつてない心地よさにすべてが支配されていく。

最初は恥ずかしかったはずなのに、彼と舌を絡めているだけで、愉悦が溢れて止まらない。

「ふ……んッ、んンッ」

いつしかリリアナは、つたないながらも自ら彼に舌を絡め、口づけに夢中になっていた。

淫猥な音を立てながら唾液と舌を絡ませ、唇を寄せる相貌《そうぼう》には次第に女の色香が漂い始める。

「ああ、君は、キスが上手い」

熱を帯びた言葉を溢し、デイモンの指先が肉芽を捏ねる。

その直後、強い法悦が身体の奥から弾け、リリアナはのけぞりながら四肢を震わせた。

「んっ、ンんッ――――！」

再び塞がれた口から甘い悲鳴を溢し、得も言われぬ心地よさにリリアナは意識を焼かれていく。快楽に落ちた心と身体はデイモンの腕の中ではしたなく震え、豊かな胸が淫猥に揺れた。

「君が達する様は、美しいな」

唇を離し、デイモンが感嘆の声を溢す。それから彼はリリアナにゆっくりと覆い被さり、絶頂の余韻に溺れる身体を抱き締めた。

「……あッ」

彼の腕に閉じ込められると、鎮まりかけていた熱と甘い欲望が、ゆっくりと戻ってくる。

「そんな声を出されたら、我慢ができなくなる」

耳元で甘くつぶやいたあと、デイモンはリリアナの耳を舌で嘗めあげた。ゾクゾクと肌が粟立ち、リリアナの身体が小さく跳ねる。

「達してすぐ感じるとは、君は相当敏感だな」

愉悦が戻り、再び身体に熱が戻ってくるのを、デイモンは見透かしていた。それがとても恥ずかしくて、リリアナは抗うように彼の身体を押しのけようとする。

「逃げるな。そのままでは君も辛いだろう」

すぐさま腕を払われ乳房を強く揉みしだかれると、リリアナの身体はさらに熱を高め始めた。

（もう……無理……なのに……）

　これ以上触られたら今度こそおかしくなると心の中で思っていても、身体はデイモンに従順だった。

　それどころか、まるですり寄るようにデイモンの身体に腕を回し、腰を押しつけてしまう。

「甘え方も、まるで猫のようだ」

　満足げな言葉と共に、デイモンはリリアナの首筋に指を這わせる。

「ンッ、ゃぁ……」

　意図して出したわけではなかったが、首筋をくすぐられたせいで、甘い声がほとばしる。それは確かに猫のようで、デイモンが小さく笑う気配がした。

　恥ずかしくて顔を背けようとするが、すぐさま頤を摑まれ深く口づけられる。

　同時にぐっと脚を開かれ、リリアナは仰向けになった猫のような体勢にさせられた。下着は着けたままなので恥部を晒すことはなかったが、それでも恥ずかしいことに変わりはない。

「あっ……ああ！」

　けれどそれを口にする余裕はもはやなかった。

　下着の中に手を差し入れられ、再び花芯を強く刺激される。

「可愛く鳴いた褒美だ。君が満足するまで、快楽を与えてやろう」

　デイモンの言葉に身体は喜んでいたが、心は僅かに怯えてしまう。

（これ以上されたら……私……変になってしまいそう……）

そう思っていても、口づけや愛撫に心はすぐさま屈伏してしまうことだろう。

（いえ……もうすでに……私はおかしいのかも……）

最初のキスで甘い疼きを感じてしまった瞬間から、まるで見えない力に引かれるように
リリアナの身体はデイモンへと堕ち始めていた気がする。

「デイモン……さま……」

一度達したせいで敏感になった身体はデイモンに従順で、下の口は愛涎を溢しながら彼
の指に夢中になっていた。

「我慢しなくてもいい。君が感じやすいのはわかっている」

「で……も……」

あまりに早すぎるし、もう一度達したらきっともっと痴態を晒してしまう。それが嫌で、
リリアナはデイモンの指使いに必死に抵抗した。

「意地を張られると、こちらも我慢ができなくなるな」

抵抗に気づいたのか、デイモンはリリアナの下着をぎゅっと摑んだ。

「私も余裕がないと言っただろう？」

言うなり、下着を乱暴に引きちぎる。

「なんて、ことを……」

「堪える君が悪い」

啞然とするリリアナの前で破れた下着を投げ捨てると、デイモンは再びリリアナを攻め始める。

陰部に直に指をあてがい、敏感なところを容赦なく加圧してくる。

「やぁ……アアッ、あぅ……」

ビクンと跳ねた腰を押さえ込まれ、ぐちゅぐちゅと音を立てながら襞と陰核をこすられると、リリアナは頭を振りながらよがった。

外を擦られるだけで達しそうなのに、いつの間にか彼の中指が花弁をかき分けていた。

「もう少しほぐそうかと思ったが、もうずいぶんと柔らかくなっているな」

これならすぐにでも入りそうだと言う声を聞きながら、リリアナは蜜を掻き出すデイモンの指先に夢中になっていた。

快楽の入り口を探るように、デイモンの指先でぬぷぬぷと膣内を弄られると、感じやすいリリアナは身悶《みもだ》えてしまう。

「あぅ……もう……」

「達するといい。そうすれば、もっと楽になる」

中を探る指を二本に増やされ、感じる場所を抉るようにこすられると堪らなかった。

同時に肉芽にまで刺激を与えられると、我慢などできるわけがない。

「あっ、あああ——!!!」

身体を震わせながら、リリアナは恍惚《こうこつ》とした表情で昇り詰めた。

我を忘れ、愉悦の頂で淫らに身悶える自分はなんてはしたないのだろうと思うが、恥じらいも後悔も、押し寄せる快楽の波に流されてしまう。

「そのまま力を抜いていろ」

甘く囁き、デイモンは一度指を引き抜いた。

それに寂しさを覚えたリリアナだったが、距離が離れたのは僅かの間だけだった。

「……あ、んっ」

気がつけば、指よりも太い何かが彼女の入り口をぐっと擦った。ぐちゅりと音を立てながら花弁と花芯を刺激されると、あまりの心地よさにうっとりと息がこぼれる。

「少し痛むかもしれないが、我慢しろ」

デイモンの囁きを聞き、リリアナは自分の下腹部へ目を向ける。

そして息を呑んだ。リリアナの蜜に濡れたデイモンの猛《たけ》りは、想像したものよりずっと逞しくて大きかったのである。

「む、無理……です」

経験のないリリアナでも、男女の交わりがどのようなものかは知っている。

(こんなの……入らない……)

「案ずるな、君なら受け入れられる」

デイモンはそう言うが、リリアナは信じられない。

しかし絶頂の直後で力の抜けた身体では、逃げることも抵抗することもできない。

「ふ、んっ……やぁ……」

猛る欲望の先端で、円を描くように入り口を撫でられ、蜜を溢し続ける花弁がゆっくりと割り開かれる。

そのままぐっと押し開くように進み始めた熱杭に、リリアナは声にならない悲鳴を上げた。

快楽で蕩けきった身体をもってしても、彼のものはあまりに大きすぎた。

「私を見ろ、リリアナ」

甘い声がリリアナの鼓膜と胸を震わせた。

(今……名前……)

普段はあまり呼ばれることのない名前を、デイモンは優しく繰り返す。

「リリアナ、私を見るんだ」

言いながら身体をゆっくりと前に倒し、デイモンはリリアナを覗き込む。

「少しだけ我慢してくれ。どうしても今夜、君と繋がりたい」

リリアナを見つめるデイモンの目は、熱情に支配された獣のようにぎらついている。

なのにその表情は、行き場を失った子どものようにも見えて、リリアナは思わず彼の背中に手を伸ばした。

「ああっ……ッッ！」

デイモンの背中を抱き寄せた直後、彼は自らの屹立をリリアナの中へと押し込んだ。

最初訪れたのは激しい痛み。それから、圧迫感だった。デイモンが奥へ奥へと進むたび、激しい熱が全身を駆け抜け、リリアナの肌から汗が滲む。

呼吸の仕方さえわからなくなり、リリアナは喘ぎながら身悶えた。

(痛くて……あつい……)

でも、その二つとは違う何かが、身体の奥からさざ波のように押し寄せてくる。

「痛むか？」

頷きかけて、リリアナは慌てて首を横に振った。

痛いと言えば彼はきっとやめてくれる気がしたが、リリアナは痛みのその先にある何かを、感じたいと願っていた。

「平気、です……」

言葉にすると、不思議なことに痛みが少し鈍くなった。彼を受け入れている膣が柔らかくなり、先ほどより敏感にデイモンの熱を感じられるようになった気がする。

「ならば、ゆっくりと動くぞ」

一度奥まで達した楔《くさび》をゆっくりと引き抜かれる。それに伴い、彼のものがまた更に逞しさを増した気がした。

これ以上大きくなったら苦痛も増しそうなのに、最初のときのような激痛はない。痛みのかわりにやってきたのは、彼が出て行くことへの切なさだった。

しかし、彼の熱が完全に消えることはなかった。リリアナが彼を求めるように震えた次の瞬間、デイモンは再びリリアナの最奥をぐっと抉る。

最初のときほど性急ではないが、出し入れされる肉棒の太さに、身体が裂けるのではないかと不安を抱く。

だが多量の愛液に濡れた洞は、リリアナ自身が思うよりずっと容易く、彼のものを呑み込んでいく。そのままゆっくりと、時間をかけて抽挿を繰り返されると、痛みと熱の向こうから現れたのは、甘い愉悦だった。

特に雄芯の先端がリリアナのある一点を擦ると、涙がこぼれそうなほどの快楽がこみ上げ、吐息も甘く弾む。

「心地よく、なってきたか……？」

少しずつ緩み始めた隘路と表情に気づいたのか、デイモンがそっと尋ねる。

それに小さく頷き、リリアナは更に強く彼の身体にしがみついた。

痛みはまだあるけれど、甘い切なさが増して、泣きたいような気持ちになる。

「少し激しくするぞ」

そろそろ限界だと溢す声には、珍しく余裕がない。

それは彼の腰つきにも現れていて、最初は緩やかだった抽挿が激しさを増していく。

「あっ……すご、い……」

あれほど痛かったはずなのに、繋がった場所からは得も言われぬ快感が放たれていた。

打擲音《ちょうちゃく》にあわせて身体が卑猥《ひわい》に揺れ、リリアナはデイモンから離れないよう、必死に縋《すが》り付きながら甘くよがる。

逞しい腰つきで何度も中を抉られると、リリアナは再び絶頂の兆《きざ》しを感じた。

「私も、いきそうだ……」

余裕のない声と熱い吐息を溢すデイモンを見ていると、リリアナは言い知れぬ喜びを感じた。彼の熱を高めているのが自分だと思うと、それだけで身体と心が満たされていく。

「……一緒に……」

甘い声で請うと、リリアナの中でたぎる肉棒が更に存在感を増す。

「あっ……おおき、い………」

熱く猛る彼のものが、容赦のない激しさでリリアナの子宮の入り口を叩く。

僅かに痛みが走ったが、それ以上に激しい悦びが弾け、リリアナは法悦の中へと落ちていく。

同時に彼女の中に埋まったデイモンの欲望が脈動し、精液が放たれた。その熱さにリリアナの思考は白く爆ぜる。

「あああ――ッ!」

ビクビクと震える身体は芯を失い、しばらく淫らな弛緩を繰り返したあと、リリアナはデイモンの腕の中でがっくりと果てた。

「リリアナ……」

そのとき、愛おしい者を呼ぶように、デイモンが名前を呼んだ。

自分も彼の名を呼びたかったのに、声を出す余裕がない。

（デイモン様……）

かわりに心の中で名前を呼んで、リリアナは彼に縋り付いていた腕を放した。

初めての結合は思った以上にリリアナから体力を奪い、彼女の意識は混濁《こんだく》したままだった。

ぼんやりとした目でデイモンを見つめてから、ゆっくりと目を閉じる。

そうしていると意識は途切れ、リリアナは彼と繋がったまま深い闇へと落ちていった。

＊＊＊

（この、奇妙な感覚はいったい何だろうか……）

眠りに落ちたリリアナから己を引き抜きながら、デイモンは未だ熱が冷めやらぬ身体と心を一人持て余していた。

性欲はさほど強くないと思っていたのに、眠りに落ちる彼女を見ているだけで、デイモンの身体は熱を高めている。射精したばかりだというのに、下腹部のものは痛みを伴うほど硬く起ち上がり、彼女を求め続けていた。

自らを抑え込む方法は学んでいたので、眠ったリリアナに襲いかかるような無様なことはせずに済んでいるが、特定の相手にこんなにも身体が反応するのは初めてで、正直少し戸惑っていた。

（こんなにも、満足感を抱いたのは初めてだ……）

まだ熱は冷めていないどころか、リリアナを更に強く求めている。

しかし、心はひどく満ち足りていた。

初めて感じる充足感は心地よく、自分もリリアナのように眠ってしまいたいと思う。

だが自らの手で汚してしまった彼女をそのままにするような無粋な真似はできない。

身体を重ねているときはろくに気を回せなかったからこそ、その分気遣ってやりたい。

リリアナを起こさないように気をつけながら、デイモンは彼女の着衣を直し、一度離れる。

己の熱をゆっくりと静めてから、彼女の身体を拭き清め、柔らかなガウンをそっと着せてやった。

リリアナはデイモンが何をしても目を覚ます気配はなかった。多少なら触れても起きない気がして、不埒な考えが頭をよぎったが、ただでさえ初めての行為で疲れ果てた彼女の身体をこれ以上酷使するわけにはいかない。

（それに、私が望めば、彼女はまた受け入れてくれるだろう）

リリアナは感じやすいし、何よりデイモンとの身体の相性は極めて良い。

（そういえば、同じ相手ともう一度身体を重ねたいと思うのも初めてだ……）

デイモンは基本的には何ものにも執着しない。特に女性に対してはそれが顕著で、抱く理由がなければろくに反応もしなかった。

けれどもリリアナは違う。彼女を知ってしまった今は、一度で満足することなどできそうもない。

（我ながら、結婚は名案だった）

しみじみとそう思いながら、デイモンはリリアナの身体に毛布をかける。

それから、リリアナを拭き清めるのに使った湯と布を片付けようと立ち上がる。

しかしそこで、彼の身体はぎこちなく動きを止めた。

布にしみこんだ破瓜《はか》の証が見えてしまったからだ。拭くときはなるべく見ないようにしていたが、思いのほか血の量が多かったのか、布には赤い染みがはっきりと残ってしまっている。

その原因を作ったのが自分だと改めて認識した瞬間、デイモンの手から湯の入った手桶が滑り落ちた。

同時にひどい激痛に襲われて、デイモンはうめき声を上げながらこめかみに手を当てた。

倒れそうになる身体を必死に支える。ここで倒れたら、痛みの先にもっとひどいものが待っていると知っていたからだ。

（ここにいては駄目だ……。リリアナに、彼女にだけには、あれを見せたくない……）

叫びたくなるような激痛に堪え、デイモンは夫婦の寝室を飛び出すと、側の書斎へと移動する。

扉を勢いよく閉め、部屋の鍵を内側からかけた瞬間、彼の意識はブツリと途切れた。

視界は真っ黒な闇に覆われ、安らかだった気持ちは跡形もなく消え失せていた。

第四章

窓から差し込む陽光の眩しさに、リリアナは小さくうめきながら目を開けた。

（もう、朝……なの？）

自分はいったいいつ眠りに落ちたのだろうかと思いつつ瞬きを繰り返しながら、ゆっくりと身体を起こす。

そのままベッドを下りようとしたところで、彼女は腰の奥に残る痛みと疼きに気がついた。

「――――っ!!」

同時に、見慣れないガウンを着せられていることにも気づき、心の中で悲鳴を上げた。

（そうだ、私昨晩デイモン様と……）

記憶が蘇り、リリアナは手で顔を覆う。

思い浮かんだ記憶が正しければ、リリアナは一晩のうちに三度も達し、最後は力尽きて眠ってしまったのだ。

途中からほとんど記憶がないが、デイモンの巧みな手管に翻弄され、最後の方は彼のもたらす快感を求め、自分からすり寄っていた気もする。

我に返ると恥ずかしさで死にそうだった。

今まで、口づけさえろくにしたことがなかったのに、恥ずかしいところに触れられ、あんなに喘いで乱れるなんて、はしたない女だと思われても仕方がない。

（いえ、もしかしたらもう思われてるのかも……）

夫婦の寝室に残されているのはリリアナ一人で、デイモンの姿はどこにもない。

彼が寝ていた場所には温もりさえ残っておらず、たぶん彼はずいぶん前に部屋を出て行ったのだろう。

そのまま帰って来ないということは、リリアナの隣で眠るのが嫌だったのではと思わずにいられない。

（新婚早々に愛想をつかされていたらどうしよう……）

不安で気が動転し、デイモンを探そうと寝室の扉に手をかける。

だがそこで、外が何やら騒がしいことに気づく。

「どけっ、彼女が無事か確認する！」

「なりません、そのお身体で動かれては……！」

聞こえてきたのはデイモンと執事のやりとりのようで、二人の言い争う声は次第に大きくなってくる。

早口のせいで詳細が聞き取れず、リリアナは耳を澄ませながらそっと扉に身を寄せる。

その直後、突然扉がノックもなく開いた。

寄りかかっていたリリアナは前のめりになって倒れそうになったが、すんでのところで部屋に入ってきたデイモンに抱き支えられる。

「ど、どうなさったのですか……？」

彼を仰ぎ見て、その相貌にリリアナは驚いた。

こちらを見つめる彼の顔は真っ青で、いつもはまとめている髪も解けて乱れていたのだ。

額には玉のような汗が浮かび、リリアナを支える右腕にはきつく包帯まで巻かれている。

「怪我はしていないか⁉」

そんな状態なのに、なぜかデイモンはリリアナの方を心配する。

「それは私の台詞です。どうして――」

「いいから答えてくれ！　私は、君に何もしていないな？」

言葉を遮る勢いで尋ねられ、リリアナはなんと答えるべきかと迷う。

（されてない……わけではないわよね）

でも素直に答えると、行為に関する話題になってしまいそうだし、『色々とされました』と言うのもなんだか恥ずかしい。

かといって、昨晩のことを上手く表現する言葉も思い浮かばずに戸惑っていると、そこで突然、デイモンがリリアナのガウンに手をかけた。

はっとした瞬間、デイモンはガウンのあわせをガバッと開いた。

「きゃあああああっ！」

デイモンの前で裸体を晒すことになり、リリアナは思わず悲鳴を上げる。

「な……なな……!!」

「よかった、傷などはないな」

デイモンの手を払い、慌ててガウンをぎゅっと抱き寄せたが、見られてしまった恥ずかしさは消えない。

「何をなさるのですか！」

「すまない。乱暴をしてしまったのではないかと不安で」

「確かに激しかったですが、怪我などしていません。むしろ、デイモン様こそどうなさったのですか」

顔を真っ赤にしつつも、リリアナは彼の腕に視線を向ける。彼は怪我をしている方の腕をさりげなくリリアナの視界から隠し、反対の手で彼女の頭を撫でた。

「書斎の整理をしていたら、ちょっとな……」

「こんな朝から整理を？」

「ああ……。昨晩動物が入り込んだのか、その、部屋が荒れていて」

それを片付けていたとデイモンは言うが、どこかたどたどしい言葉を信じろと言われても無理だ。

（やっぱり、私に満足できなくて、別のことをなさっていたんだわ）

そう思うとひどく悲しい気持ちになって、リリアナは大きく項垂れる。

「本当に大丈夫だから心配するな。なんなら、今すぐ証明しようか？」

言いながらデイモンがリリアナをそっと抱き寄せる。まるでキスでもするように顔を近づけてきたが、リリアナは思わず顔を逸らしてしまった。

「ご無理はなさらないでください。それに口づけは、昨晩十分なさったでしょう」

拒絶されると思っていなかったのか、デイモンはぎこちなく動きを止める。

「もしや、私とするのが嫌なのか？」

嫌ではないが、次に身体を重ねたら、昨晩よりもっとひどい有り様になるのではという不安が頭をもたげる。

（結婚したばかりなのに、これ以上幻滅されたくない……）

彼にはしたないと思われるのは耐えられないと思ったリリアナは、デイモンの身体をそっと押し戻す。

「嫌ではないですが、夫婦だからといって毎日することではないでしょう？　子どもができる、必要最低限の回数で十分だと私は思います」

「必要最低限……とは？」

「月に一度か二度でしょうか」

具体的な数はわからないので適当に答えたが、デイモンはそれにショックを受けたように固まる。

(どうしよう、言い方がまずかったかしら……)

月に一度でも多かったかしらと悩んでいると、デイモンがフラフラとよろけ、側の扉にばんっと身体をぶつけた。

「や、やはりどこか痛むのですか!」

「ああ、胸の奥が苦しくて、辛い……」

「大変! お医者様を——」

「これはきっと医者でも治せない。……だから、君に治してもらう」

意味のわからないことを言い出し、デイモンはそこでリリアナをじっと見つめる。

「月に一度なんて耐えられない」

「じゃあ、ふた月に……」

「君が私を受け入れたくない気持ちはわかったから、もう何も言わないでくれ。ちょっと、作戦を練る時間が欲しい」

言うなり、デイモンはものすごい勢いで部屋を出て行った。その足の速さに、廊下で待機していたらしい執事が「お待ちください!」と焦る声まで聞こえてくる。

(と、とりあえず元気そうだけど……何だったのかしら……)

気になることはたくさんあるけれど、デイモンについて考えれば考えるほど、頭は混乱するばかりだった。

＊＊＊

『このところ、デイモンの様子がおかしい』

日に一度はそう言いに来る末の弟に辟易していたスカーナ国の王キリクは、ファルゼンが疲れ果てた顔をしていた理由を知った。

「兄上、話がある」

「それはわかったが、なんで窓から入ってくる」

それもなぜ早朝にやってくるのかと呆れながら、キリクはベッドから身体を起こし、自分の方へとやってくるデイモンを見上げた。

「理由は二つある」

大真面目な顔で進言され、キリクは寝癖の付いた頭を掻きながら、仕方なく「話せ」と先を促した。

「一つ目は、安全上の問題提起だ。前々から言っているように、王が住むにはこの城は少々無防備すぎる」

こんなに容易く王の寝室に入れるのは問題だと真顔で主張され、キリクは大きなため息をつく。

「何度も言っているが、この国は平和だから問題はない」

金のために悪事を働く貴族は時々いるが、王を殺して国の実権を握ろうとするような存在はいない。

「本当かどうかもわからん迷信のせいで、俺たちは無駄に特別視されているしな」

王であるキリク自身は『迷信』と言い切るが、スカーナ国の王族はこの大陸を作った神の末裔だという言い伝えが広く知られている。そのため、王族に仇《あだ》なすものは、もう何十年も現れていない。

神の子たる王を殺せば天から罰が下るとされ、実際五代前の王が暗殺されたときは、それに加担した三つの国が天変地異に見舞われ滅びたと言い伝えられていた。

「それに俺を殺したら、スカーナに恩がある国も黙っていないだろう」

天罰の言い伝えと共に、スカーナにはもう一つ不思議な言い伝えがある。それによれば、王が磨いた宝石を身につけると大いなる繁栄が訪れ、国が富むというのだ。

実際、スカーナ国から贈られた宝飾品を身につけた王が国を繁栄させたという話が多く残っており、キリクが贈った宝石によって『国富が増えた』だの『子宝に恵まれた』だのと言い出す者は少なくなかった。

それ故この小さな国とその王族を脅かそうと考えるものはいないのだ。

一方、神の子孫だとか幸運を呼び込む力があるとか言われている当の本人は、いまいちそのことを信じていない。確かに人に与えた石が幸運を呼び込むのを見たことはあるが、キリク自身はその恩恵を受けたことは一度もないからだ。

それに宝石だって神秘的な秘術で作っているわけではない。頑固な彫金師に師事し、そこで学んだ技術を用いて地道に磨いているだけである。

それに何より、神の子孫を名乗るには、自分は俗物すぎるとキリクは思っていた。

「無駄に神格化されて見合いの話もなかなか来ねぇし、いっそ窓から可愛い子でも入ってきてくれた方が俺は嬉しいけどな」

「殺されたいのか？」

「なんで暗殺者確定なんだよ！　可愛いって言っただろ、女の子だろ女の子!!」

「スカーナの靴はかかとが高いし、この壁を上って兄上の部屋の窓から侵入するのは難しいと思うが」

真面目な顔で答えたデイモンを見て、キリクは少々うんざりする。

「なんでこんな融通の利かない弟が結婚できて、気高さと逞しさと色気がムンムンの俺に彼女がいないいんだ……」

「申し訳ないが、そのあたりの原因ははかりかねる。ただ、どうしても気になるというなら検証と調査を諜報部で請け負うことは可能だが」

淡々と答えられ、キリクは軽口に乗ってくれないデイモンに恨めしそうな目を向ける。

「お前よくそれで結婚できたな」

正直、この弟が先に結婚したことが、キリクは未だに信じられない。結婚したいと言われたときも、冗談かと思ったくらいだ。

その上、急いで結婚したい理由を尋ねれば、『死んだ猫にそっくりな少女を側に置きたいから』などと言うのである。

(こいつはいつも、何かを決定的に間違ってるんだよな)

最初に会ったときから不器用そうな奴だとは思っていたが、それは今も変わらない。

この城に連れてこられたときから、デイモンという男は人間性や常識を、どこかに置き忘れたようなところがあった。

父と愛人との間にできた義理の弟は、内戦の絶えぬ貧しい国で生まれ育ち、父と再会するまでは密偵として諜報や暗殺を請け負っていたらしい。

彼がどこか普通ではないのはそのせいで、正直キリクは、父が彼を国に招き入れると言ったとき、ファルゼンほどではないが不安も感じていた。

あの頃のデイモンは今よりずっと感情がなく、物静かで生気さえなかった。

当時小さかったファルゼンに、『この人は、目を開けたまま死んでるの？』などと開口一番に言われるほどである。

父の願いもあり、彼はスカーナで暮らすようになったが、王子の位を与えられてもなお無気力なのは変わらなかった。

貧しく苦しい生活のせいか、汚れ仕事に従事していたからか、まだ二十歳ながら彼の心はすっかりすり切れ、自己というものが無くなってしまったように見えたのだ。

優しい父が、そんな息子を放っておけるはずもなかった。そして父に似て、他人に優しいキリクもまた、不安を感じつつも義理の弟を無視できなかった。

だからキリクはデイモンに実の弟と同じように接し、愛情をかけてきた。そのおかげで彼は少しずつ人間らしさを取り戻していったが、それでも自分というものが定まっておらず、何事にも執着を見せず欲がないようだった。

何かをねだることもなく、むしろ密偵だった頃に培った諜報の技術を用い、国のために尽くすことだけを、彼は生きがいにしている。

だからこそ、いつか彼が何かを求めるようになり、誰かを愛するようになればいいと思ってはいたのだが……。

(猫が理由でいきなり結婚とか、こじれたなぁ……それも変な方向に……)

「さっきからやけにじっと見ているが、私の顔は何かおかしいか？」

「いや、顔はおかしくない」

むしろ凛々しく美しい顔立ちは女性たちの熱い視線をよく集めている。この顔からは、誰も彼の中身が残念であることに気づかないのだろう。

「それより、もう一つ話があるんだろう」

「そうだ、そちらが本題だ」

表情を引き締めるデイモンに、キリクもつい姿勢を正す。

そのとき、寝室へと近づいてくる気配を感じ、キリクは僅かに表情を強張らせた。それを感じたのはデイモンも同じだったようで、彼は扉に油断なく視線を向ける。

「そんな怖い顔をするな、暗殺者が来たわけじゃない」

「誰だ？」

「女だよ女」

うんざりした顔で答えれば、デイモンが首をひねる。

「扉から入ってくる女はいるんじゃないか」

「ああ。だから運命の相手じゃない」

意味がわからんと即答され、キリクは仕方なく声を潜める。

「最近ファルゼンが差し向けてくるんだよ。あいつ、俺より先にお前が結婚したのが相当気に入らないようだぞ」

そのせいで、彼は時折キリクに気のある令嬢をこっそり宮殿に差し向けてくるのだ。

「でも、絶妙に俺の好みじゃないんだよなぁ……」

とはいえファルゼンが裏で糸を引いているため衛兵も無下にできず、結局いつもキリク自ら追い返す羽目になる。

「しかし、こんな朝早くにか？」

「昼は仕事があると追い払い、夜は眠いからとあしらっていたのが裏目に出たな」

だからといって朝はないだろうと思いつつ、キリクは弟を上目遣いで見つめる。

「なあ、不憫な兄のために一肌脱いでくれないか？」

「私に何をさせたい」

「追い払ってくれよ。できれば穏便に」

そういうのは得意だろうとねだると、デイモンは顔をしかめる。

そうしていると扉が控えめに叩かれ、か細い女の声がキリクの名を呼ぶ。

「……この声は、ファレルダ家の次女だな」

デイモンの言葉に、キリクはそっと拍手を送る。

「声だけで察しがつくなら、他にも色々とわかってるだろう？」

仕事柄、デイモンは貴族たちの情報を常に把握している。それを利用してなんとかしてくれないかと訴えれば、彼は仕方なさそうに扉の方へと移動した。

「穏便に頼むぞ。あと、俺のことを上手く諦めさせてくれ」

「……注文が多い」

その声にはどことなくうんざりした響きがあったが、デイモンは扉に手をかけると、髪をまとめていた髪飾りを勢いよく外す。

それからわざとらしく髪と着衣を乱し、眠そうな表情を取り繕うように目を細めながら、扉を開けた。

「何か用か？」

「あ、あの、こちらはキリク陛下の寝室では？」

戸惑うような声にほくそ笑みながら、キリクは二人の様子を静かにうかがう。

「私では不服か？」

言いながら、デイモンが女との距離を詰める。彼の長い髪が首筋からはらりと落ちると、女が顔を真っ赤にするのが見えた。

（いつも思うが、あいつの色気は半端ないな……）

「いえ、あの……なぜこちらにデイモン様がいらっしゃるのかと……」

「昨晩は二人で飲んでいてな」

そのまま寝てしまったと言いながら、デイモンは赤くなった女の頬に指を這わせる。

「美しい頬が赤く染まっているが、君も酒を飲んできたのか？」

「あっ、いえ……これは……」

「では、お前を酔わせているのは私か？」

弟らしからぬ台詞にキリクは噴き出しそうになるが、女の方はウットリとした顔でデイモンを見上げている。

密偵としての経験故か、彼は人心を掌握するのが得意だ。

特に女性を虜にする技術はすさまじく、彼の浮かべる甘い笑みに落ちない女はいない。

彼は相手が求める表情や言葉を巧みに見抜き、それに合わせた振る舞いをすることができるのだ。

（だからこそ逆に、普段のあいつは空っぽなのかもな……）

女に甘い微笑みを向けているデイモンを眺めながら、キリクはふとそんなことを思う。

だが虚ろな内面に女が気づく様子はなく、見せかけの笑顔にコロッと騙されてしまう。

ついにはキリクのことなどすっかり忘れた顔で、女はデイモンにしなだれかかった。対するデイモンも、蠱惑《こわく》的な声で彼女の耳に言葉を囁く。

何を言っているかはわからないが、女はデイモンの言葉に何やら胸を打たれたらしい。

乙女のような表情を浮かべると、「それではまた」とデイモンに手を振り、その場から急ぎ足で去っていった。

「これで満足か？」

女が去るやいなや、扉を閉めたデイモンがキリクを振り返る。

冷め切ったその顔は、先ほどまでとはまるで別人だ。

「あまりの手際の良さに、兄は今、猛烈に感動している」

「感動しなくていいから、そろそろ話の続きを聞いてくれないか」

「聞くかわりに、今後もしばらく悪い虫を追い払ってくれないか？」

「なぜ私が……」

「元はと言えば、お前が結婚なんかするからだろ？」

おかげでファルゼンが馬鹿なことをしでかしたのだと言えば、デイモンは口をつぐむ。

「それに、ああやって追い払ってくれるなら、お前の話をいくらでも聞くし、どんな相談にものってやる」

キリクの言葉に、デイモンは僅かに悩む。しかしすぐに頷くと、彼は着衣を整えながらキリクの側まで戻ってきた。

「それで話とやらは何だ？」

どんなことでもこの兄に話してみろと胸を張る。しかしその威勢の良さは、すぐさま崩れることになった。

「どうすれば、妻をその気にさせられるのか教えて欲しい」

「……すまん、もう一回言ってくれるか？」

「妻を閨《ねや》に誘いたいのだが、良い案が浮かばないので助けて欲しい」

ついさっき女を誘惑していたその口から、なんとも情けない言葉をデイモンは溢す。

「お前、本気か？」

「夫が妻と夜を共にしたいと思うのは、おかしいか？」

「そうじゃない！　もしかしてお前、あの子から拒絶されてるのか？」

「ああ、身体の相性はいいはずなのに、なるべくしたくないと言われてしまった」

言っていることはともかく、困惑の表情を浮かべている今でさえ、デイモンからは無駄な色気が溢れている。それを見てくらっとこない女がいるのだろうかと考えたところで、キリクは子猫のように愛らしいデイモンの妻の顔を思い出した。

「確かにあの子は初心っぽいし、お前の魅力をまだちゃんと理解できないのかもな」

「魅力が理解できれば、私としたいと思ってくれるだろうか」

「思うに決まっている。それにお前、色仕掛けは得意だろう」

さっきも女をウットリさせただろうと指摘するが、デイモンは難しい顔をするばかりだ。

「……自分でも不思議だが、彼女の前ではできないのだ。リリアナを前にすると、頭の中が真っ白になり、仕事のときのようには振る舞えない……。彼女が何を望み、私にどうして欲しいのかがわからないんだ」

だから子どものように立ち尽くしてしまうと項垂れるデイモンを見て、キリクは呆れた。

（まずい、俺が思った以上にこいつは何かをこじらせている……）

ならば自分が彼を手助けせねばと使命感を覚えて、キリクは弟の肩を叩いた。

「わかった。女を落とすとっておきの方法を伝授してやる」

「それは、私にもできる方法か？」

「お前なら楽勝だ」

「リリアナが相手だと、私は本当に何もできないぞ……？」

それに……と、そこで彼は更に表情を暗くする。

「……実は、昨晩久々に『発作』が起きてしまった」

弟の告白に、キリクは驚き息を呑む。

「お前、血を見たのか？」

「ああ。なんとか抑え込んだが、こんな厄介なものを抱えた私に果たして魅力などあるのかと……」

声と肩を落とす弟の姿に、キリクは彼が抱えたもう一つの問題を思い出す。

彼が言うとおり、デイモンはひどく厄介な病気を抱えている。

しかし、だからこそ誰かと幸せな日々を送って欲しいとキリクは常に思っていた。

「抑え込めたなら、症状自体はきっと改善している。それに、心配ならまた血に慣れる訓練をしよう」

デイモンを勇気づけるように肩を叩き「案ずるな」と柔らかく笑う。

「だからお前は、何も気にせず嫁をメロメロにすることだけ考えろ。俺のやり方を真似れば、絶対あの子はお前に夢中になる！」

キリクは自信満々な顔で胸を張った。

だが、デイモンは大事なことを失念していた。

キリクがこの年まで未婚であることを。そしてその理由は見合いの少なさではなく、見当違いの求愛方法でことごとく女性にフラれているからだということを……。

＊＊＊

（いったいこれは何なの——!?）

血の気を失った顔で、リリアナが心の中で絶叫したのは、デイモンの寝室に一歩足を踏み入れたときのことだった。

デイモンと結婚してはいるが、未だリリアナは行儀見習いの身だ。

だから起床の手助けとシーツを取り替える仕事は継続中で、身体を重ねない日は別々の寝室で眠り、翌朝仕事をすることになっている。

今朝もそのためにデイモンの寝室を訪れたのだが、目の前に広がっていたのはあり得ない光景だった。

（えっ……これは……何……夢……？　私はいったい何を見ているの……？）

混乱のあまりその場でアワアワと狼狽《うろた》えながらリリアナが見ているのは、ベッドに横たわるデイモンの姿だ。

彼がベッドに寝ているのはいつも通りだ。しかしいつも通りでないのは、彼の装いと毛布やシーツの乱れようである。

普段のデイモンは、棺桶におさまった遺体のように、仰向けでまっすぐに寝ている。寝返りさえしないのか、彼にかかっている毛布にはほとんど皺がない。

なのに今日は、ベッドの上で何かが暴れ回ったように、シーツも毛布もぐちゃぐちゃになっている。

　更に、気怠げに横たわっているデイモンは、どう見ても裸である。腰の辺りに毛布が引っかかっているから良いものの、少しでもずれたら完全に見えてしまう状態だ。

（その上……これは……いったい何……!?）

　官能的な体勢で横たわるデイモンの周囲や胸元には、なぜだか薔薇《ばら》の花びらが大量に散っている。

　肌の上に散る花びらは、デイモンの色気を何倍にも高めているため、リリアナは顔を真っ赤にし、心の中で悲鳴を上げることしかできないでいたのだった。

「……来たのか？」

　少し掠れた声でデイモンが囁いた。

　寝起きの声は妙に色っぽく、リリアナは「はひっ」と間の抜けた返事を返すことしかできない。

「なぜそんなに遠くにいる、早くこちらへ来い」

「いえ、それは……あの……！」

　艶やかな声で招かれるが、リリアナはその場で小さく足踏みをすることしかできない。

　動揺のせいで一歩でも歩けば派手に転んでしまいそうだし、もしこの場で倒れればデイモンは裸のまま彼女を助けようとやってくるだろう。

（もし近づかれたら、恥ずかしさで死んでしまうわ！）

　元々男性の裸体に免疫がないし、直視してしまった彼の美しい肉体は、視線を逸らして

も目に焼き付き、鼓動は乱れてしまう。

（私、こんな人に抱かれていたの……!?）

服の上からでも何となく感じていたが、デイモンの身体は想像していたよりずっと逞しい。

「……なぜこちらを見ない」

その上デイモンの方は、自分の装いがわかっていない様子である。

「ふ、服をお召しになってください」

「今日は暑い」

「寒いくらいでしょう！　初霜が降りたほどですよ！」

「私は暑がりなんだ」

「ですがそのままでは近づけませんし、シーツも替えられません」

この場から一歩も動けないと弱々しく主張すると、ようやくデイモンが毛布で下半身を隠してくれた。

ほっと胸をなで下ろしたリリアナはそこでようやく顔を上げて、今一度乱れたベッドに目を向けた。

「あの……昨晩は何が？」

「何……とは？」

「いつもと、ご様子が明らかに違うので」

てくる。

リリアナが尋ねると、またもや官能的な仕草で寝返りを打ちながら、デイモンが見つめ

「顔が真っ赤だな」

一方でデイモンはいつも通りだ。

慌てることも恥じらうこともなく、じっとリリアナを見つめている。いつもより少しだけ目力が強いが、淡々と言葉を紡ぐ様子に変わりはない。

「どうだ、私に欲情したか？」

「よ……欲情!?」

「違うのか」

落胆しながら彼はゆっくりと身体を起こす。すると胸の上にのっていた薔薇の花びらがはらりと落ちた。

「よ、欲情させるために……こんなことを？」

「他に何がある」

そもそも、この状況と『欲情』という単語が結びつかなかったので答えようがない。

「と、とりあえず服を着ましょう」

「着た方がそそられるか？」

「いや、あの」

「それとも特定の衣服に興奮するタイプか？　騎士の制服か？　それとも司祭か？　どん

なものでも用意できるから、希望があれば是非言ってくれ」

「希望なんてありません！　私は、いつも通りのデイモン様が一番好きです！」

思わずこぼれた一言に、デイモンがベッドから飛び下りる。その腰から毛布がずれるのが見えて、リリアナは慌てて顔を背けた。

彼のものは一度見たが、朝から直視するのは到底無理だ。

「ならば、これでいいか？」

程なくして、リリアナの前に姿を現したデイモンは、髪を整えいつものコウラン風の服に身を包んでいた。

だが先ほどの衝撃が尾を引いているのか、服を着ていてもデイモンが近づいてくるとドキドキしてしまう。

「あの、できたらもう少し離れていただけると……」

「無理だ。昨晩は君の側にいられなかったし、そろそろ限界だ」

言うなりぎゅっと抱き寄せられ、デイモンの胸に顔を押し当てる格好になる。

途端に薔薇の香りが鼻先をくすぐり、先ほどの裸体が目の前にあるのだという実感に身体がカッと熱くなる。

身体が熱を持ってしまうのは恥ずかしさだけが原因ではないと気づき、リリアナはあわあわと更に動揺するが、その場から逃れようとしても、デイモンの腕はびくともしない。

「君は、柔らかいな」

「し、しみじみ言わないでください！」

「あと、良い匂いがする」

「嗅がないでください！」

「不思議だな。君に叱られるのはなぜだかちょっと嬉しい」

　この反応は予想外で、リリアナは困惑する。

「よ、喜んでいないで、反省してください」

「反省するから、しばらくこのままでいてもいいか？」

　小さな声がこぼれ、デイモンがリリアナを抱き締める腕に力を込めた。

　圧迫感が強まるが、なぜだかそうされていると戸惑いは落ち着いてくる。

（なんだか、子どもみたい……）

　先ほどの彼は色気に溢れて落ち着かなかったが、彼からまっすぐな欲求をぶつけられているると嫌な気持ちはしない。

（それに、こうしてくっついてくれるってことは、私を嫌いになったわけじゃないのね）

　そのことにほっとすると同時に、彼が甘えてくれることがひどく嬉しかった。

　リリアナは自分に縋り付く大きな身体にそっと腕を伸ばす。

　そのままそっと抱き締めようとしたが、それよりも早くデイモンがさっと身を引いた。

「とりあえず、裸と薔薇では君の気を引けないのはわかった。だから、もっと別の方法で頑張ってみる」

期待していてくれと微笑むなり、デイモンはさっときびすを返す。

「いやあの、頑張らなくても……」

むしろ普通に求めてくれるだけでいいのにと言いたかったが、言葉は勢いよく閉まった扉に阻まれ、デイモンには届かなかった。

(頑張るって、何をするつもりなのかしら……)

全力で止めた方がいいような気がすると思いつつも、リリアナはできる気がしない。

(でも結婚したんだし、もうちょっと私も主張した方がいいわよね)

次に彼がおかしなことをしたときは止めようと、気合いを入れたリリアナだった。

＊＊＊

彼を止めよう。

そう決めたはずなのに、彼女の決意は、あまりにあっけなく崩れた——。

「……もういや……。なぜデイモン様は、あんなにも破廉恥な格好をいくつも思いつくのかしら……」

その後、デイモンの『頑張り』は三日ほど続き、リリアナの心労は日に日に募っていった。

毎朝どころか、昼間でさえ、デイモンは無駄に色気のある服や格好でリリアナを待ち受けている。

場所を選ばない彼は、結婚を機に受けることになったマナーのレッスンの合間にさえ平気で現れるのだ。レッスンの講師はミラルダで、場所は彼女の宮殿だというのに、彼はそれを気にかける様子もない。そしてミラルダもなぜだか楽しげにそれを見ている。

ただ一人、リリアナだけが恥ずかしがってやめてくださいとお願いしているが、今のところ効果はない。

彼がそんな格好をするのはリリアナをその気にさせるためだとわかっていたし、自分が受け入れれば止まることもわかっていたが、頼み方が奇抜すぎて、リリアナはつい何も言えなくなってしまう。

(だって破廉恥な格好なのに素敵すぎるんだもの、無理……！)

恋だってしたことのない初心なリリアナには、デイモンの迫り方は刺激が強すぎた。

ほぼ裸に近い格好をしていても、彼は絵になるほど格好いいのだ。リリアナに近づいてくる足取りはもちろん、彼女に触れてくる指先の動きさえ優美に見えてしまい、目が離せなくなる。

朝はもちろん昼も夜もリリアナの前に突然現れ、無駄な色気を出しながら「しよう」などと言われても素直に頷けない。

そんな自分が情けなくて、リリアナは今日も部屋で一人落ち込んでいた。

「奥様、お客様がお見えです」

そんなとき、宮殿の執事がリリアナを呼びに来た。

初めての来客に戸惑いつつも、落ち込んだ顔を慌てて消し、素早く応接室へと移動する。

(う、うそ……)

そしてリリアナは来客の正体に、腰を抜かしかけた。

「愚兄が迷惑をかけているようなので、挨拶に来てやったぞ」

窓から入る風に金の髪を靡かせ、穏やかな午後の日差しの下で優美な笑みをたたえて待っていたのは、第三王子のファルゼンだったのである。

国王のキリクには以前会ったが、デイモンの弟である彼と会うのは初めてだった。本当は一度挨拶をしたかったのだが、忙しいからとなかなか会ってくれなかったのである。

それが、なぜ突然現れたのだろうと悩みつつ、スカーナの王族は揃いも揃って美形すぎるなと感心していると、彼はリリアナの姿を見て満足げに微笑んだ。

「それにしても、本当に猫耳をつけているんだな」

しみじみと言われ、リリアナは猫耳を外し忘れたことに今更気がついた。近頃はつけているのが当たり前になりすぎて、うっかりすると夜までつけていることもある。

「申し訳ございません、仕事を終えたあとだったので……」

「いやいい、むしろ愚兄がアホなことを強制させて本当にすまない」

折り目正しく頭を下げるファルゼンに驚くと共に、彼は常識人なのだなとリリアナはつい感動する。

しかしそれもつかの間、そこで彼は美しい金髪をさらりと掻き上げ、予想もしなかった行動に出る。

「突然だが、金とドレスと宝飾品のうち、君はどれが好きだ？」

「……へ？」

相手は王子だとわかっていたが、間抜けな声は止められなかった。

「な、なぜ……ですか？」

「君の欲しいものをくれてやる、選べ」

「口止め料と迷惑料。そして、あの愚兄と離縁することに対する報酬だ」

さあ選べと前のめりになるファルゼンを見て、リリアナは目を見開く。

(どうしよう、デイモン様ほどじゃないけど、この人の言っていることも意味がわからないわ……)

「おい、いつまで黙っている」

「あ、いえ……強いて言うなら、どれもいらないかなと」

リリアナとしては至極真っ当な言葉を返したつもりなのに、ファルゼンは釈然としない様子で睨む。

「なぜだ、女は金をちらつかせれば言うことを聞くのではないのか？」

（どうしよう、この人やっぱり思考がおかしいわ……）

美しさだけでなく、発言が突飛なのも遺伝なのかと、心の中で突っ込む。

「いいから選べ。そして今すぐ愚兄と離婚しろ」

「もしやファルゼン様は、私とデイモン様の結婚に反対されていたのですか？」

「もちろんだ。そのために賄賂を選べと言っている」

さっきの三択は賄賂だったのかと、リリアナはようやく理解する。

彼の発言には戸惑いつつも、リリアナは少しだけ感動していた。

デイモンの勢いに呑まれて結婚したけれど、そのことに誰一人反対しない状況をずっといぶかしく思っていたからである。

困惑している自分の方がおかしいのかと不安を抱いていたので、ようやく同じ気持ちの人を見つけられて安心してしまった。

「間の抜けた顔をしているが、僕の言葉をちゃんと理解しているのか？　わざわざここに来たのは、君のためなんだぞ？」

「私……ですか？　デイモン様のためではなく？」

「誰があいつの心配なんぞするか。僕は、あの男がまた誰かを不幸にしないかと、それだけを心配しているんだ」

ファルゼンは憮然としながら、リリアナを軽く睨む。

「あいつに関わった女は不幸になるという噂を、君も知っているだろう？」

「存じております。でも……」

「それは事実だ。まあ、不幸になるのは女だけではないが」

吐き捨てるように言って、ファルゼンは嫌悪感を顔に貼り付けた。

「君が思っている以上に、あの男の素性は卑しい。かつてコウランにいた頃は、関わった者すべてに不幸をもたらす『悪魔』や『鬼』とまで呼ばれていたらしい」

「デイモン様がですか……？」

「『デイモン』という名前も、古いスカーナの言葉で悪魔という意味だ。奴は自分の呼び名を理解し、この国で使う名にあえて選んだ」

初めて知る事実に驚くと共に、デイモンにはいったいどんな過去があるのだろうかと考えてしまう。

コウランのことを知らぬリリアナには想像もつかないが、少なくとも良いものでないことは確かだ。

「自分が不浄な者だと理解していながら、王家の姓を名乗るような男なのだ。そんな男が兄上より先に妻を娶り、子をなすのは許容できない」

そこで軽く睨まれ、リリアナはファルゼンがここに来た理由を悟った。

たぶん彼は、デイモンのことを家族として認めていない。そして彼の結婚が、王家の汚点や争いの火種になるのではと考えているのだろう。

「なのにあの男はいくら言っても結婚すると聞かず、私の意見を黙殺して君を娶ってしまった」

けれど僕は諦めない……！　と、闘志を燃やしながら、ファルゼンはリリアナを見つめる。

「この結婚に他ならぬ君が戸惑っていると知った。あの愚兄に、相当苦労しているそうだな」

鬼気迫る勢いで尋ねられ、リリアナはつい頷いてしまう。

その途端、気をよくしたようにファルゼンは高らかに笑った。

「ならば、味方につけるのは君だ！　だから僕は君を買収する！」

「な、なるほど……」

複雑な家庭の事情を垣間見た気がしたが、ファルゼンがこの調子なので、正直リリアナは反応に困った。

「ということで、金とドレスと宝飾品のどれがいい」

ファルゼンは相変わらずの様子だし、黙っているとそれはそれで不機嫌になりそうだ。

リリアナは勇気を出し、自分の考えを口に出す。

「確かにあの、デイモン様との結婚を迷っていたのは事実です。ですが私は、彼と離婚するつもりはありません」

「まさか、大金をもらっているのか？　それとも土地か!?」

「ち、違います……」

「嘘をつくな！　理由もなく、あんな男の妻になどなるはずがない！」

「その言葉は、私にも当てはまることです。私の噂は、ファルゼン様も聞いていらっしゃるでしょう？」

「すさまじいドジだそうだな」

「はい。そのせいでもう三回も婚約を破棄されたような女なんです。なのにデイモン様は私のことを妻にしたいと言ってくださいました」

結婚を急ぎすぎるデイモンには戸惑うばかりだったが、それでも彼が自分を選んでくれたことは、やはり嬉しかった。

「でも、あいつが君を選んだのは猫のかわりだ」

「それでも嬉しかったんです」

たとえミーちゃんの身代わりでも、厄介者の自分をずっと側に置きたいと言ってくれたのは彼が初めてだったのだ。

「デイモン様は私にとっては恩人なんです。だから彼が求めてくれているなら、お側を離れるつもりはありません」

「だがいずれ、あいつは君を不幸にするぞ」

ファルゼンは断言するが、リリアナは彼の言う不幸な未来がピンと来ない。

デイモンには困らされることが多いが、彼は決して無理強いをしない。奇行を繰り返しつつも、リリアナが嫌だと言えば身を引いてくれるのだ。

たぶん、彼は彼なりにリリアナに遠慮してくれているし気も遣ってくれている。不器用だが精一杯誠意を尽くそうとしてくれる。リリアナはそこに好ましさを感じていた。

「まさか君は、あいつのことが好きなのか？」

言葉に迷っていたリリアナを見て、ファルゼンが僅かに息を呑む。だが驚いたのは、リリアナの方だ。

「私が、デイモン様を？」

「あんな奴の側にいようとするなんて、そうとしか思えないだろう」

「いえ、あの……それは……」

「絶対そうだ。あいつに恋をしている顔だ!!」

ありえないと言おうと思ったのに、なぜだか言葉が出てこなかった。

それどころかデイモンの顔が脳裏をよぎり、頬がかっと熱くなる。

「私に恋をしているというのは、本当か!?」

その上デイモンの声まで聞こえ出し、リリアナは更に慌てた。

「き、貴様……いったいどこから現れた!!」

直後、目の前にいたファルゼンが驚愕の表情でリリアナの背後を見つめる。まさかと思い振り返ると、そこにいたのはデイモンだった。

「応接室の扉の前でお前の私兵が見張っていたので、何かあると思って窓から来た」

窓枠を軽々飛び越え、デイモンは啞然とするリリアナの肩を摑んで引き寄せる。

ファルゼンから解放されて、リリアナは今更のように先ほどの声が幻聴ではなかったと気がついた。

「あの、いつから……」

「ファルゼンが君を見て、恋をしている顔だと言ったあたりからだ」

言うなり、デイモンは嬉しそうな顔でリリアナの顔を撫でる。

デイモンの指先に頰をくすぐられると、なんだか居たたまれないような気持ちになる。なのにやめて欲しいと言うこともできず、真っ赤な顔で彼の指を受け入れていると、無視するなとファルゼンが地団駄を踏んだ。

「人前でいちゃつくな！　昼間だぞ！」

「すまない、リリアナが可愛すぎてお前がいるのを忘れていた」

素直すぎるデイモンの物言いに、ファルゼンの機嫌がみるみる悪くなっていく。

自分のせいでこれ以上二人の仲が悪くなるのは申し訳なくて、リリアナはフォローをしようとファルゼンを見る。

しかし次の瞬間、リリアナの身体がふわりと宙に浮いた。

「申し訳ないが、話はまた後日にしてくれ」

抱き上げられたのだと気づいた瞬間、デイモンは猛烈な勢いで部屋を飛び出した。

「ファルゼン様を置き去りにしていいのですか!?」

「なら、あそこで君に口づけて押し倒しても良かったのか？」

ふしだらな質問に答えることができず、リリアナはただひたすら、心の中でファルゼンに謝ることしかできなかった。


(どうしよう。この顔は、絶対何か期待している顔だわ……)

ファルゼンのもとから拉致されたあと、リリアナがデイモンに連れられてやってきたのは夫婦の寝室である。

デイモンはリリアナをソファの上に下ろすと、そのまま彼女の側に立っている。

表情には出ていないが、どことなくそわそわしているのはわかった。

「あの、先ほどファルゼン様が言ったことは……」

「君は私が好きなのか？」

直球すぎる質問に、リリアナはうっと言葉を詰まらせる。

じっと見つめられると逃げ出したいような気持ちになるが、リリアナはそれを必死に堪えた。

(いえ、これ以上、恥ずかしがって言葉を濁しては駄目だわ……)

このまま彼の勢いに呑まれ続けるのは良くないと思い、リリアナは自分の考えや気持ちをはっきり彼に伝えねばと覚悟を決める。

「正直に言います。私は、デイモン様に恋をしているわけではありません」

途端にデイモンは青ざめ何か言いかけたが、彼がしゃべり出すより早く、リリアナはその口を手で塞いだ。

「そもそも、恋とは何かが……私にはまだわからないのです」

口を塞いだまま言葉を続けると、デイモンが小さく首をかしげる。

「前も言いましたが、私はこの年まで男性とお付き合いをしたことがありません。なのにいきなり結婚することになり、デイモン様のような方と突然夜を共にすることになって、色々と混乱しているのです。だから自分の気持ちも、まだわからないのです」

そこまでは理解いただけましたかと尋ねると、デイモンがこくりと頷く。どうやら今日はちゃんと話を聞いてくれそうだとわかり、そこでリリアナは彼の口から手を離す。

「何もわからぬまま、デイモン様の勢いに流されてここまできましたが、それではいけないとずっと思っていました。だから今日からは、ちゃんと自分の気持ちをお伝えしたいと思います」

「……すまない、私は君の気持ちを蔑《ないがし》ろにしていたのだな」

「謝らないでください。伝えるタイミングはあったのに、言えずにいたのは私ですから」

だからこそ、曖昧な態度はやめたいとリリアナは改めて思う。

「それにデイモン様のことは嫌いではありません。たとえどんな理由でも、私を妻にと願ってくれたのも、嬉しいと心の中では思っていて……」

「本当か？　なら私と身体を重ねるのも、問題ないか？」

「も、問題ありません。ですがあの、破廉恥な格好をなさるのはやめて欲しいです」

「すまない、薔薇は嫌だったのだな」

「は、はい……。薔薇を散らしたり、無駄に服や身体を濡らしたり、破れた服で迫られるのは、あの、困ります」

自分は男性の裸を見る経験もなかったので、破廉恥な格好は刺激が強すぎるのだと素直に告げれば、デイモンは「もうしない」と約束してくれた。

「デイモン様はそのままでも十分素敵なお方です。だからあの……寝るときに誘っていただければ、私も応えますので」

「では、身体を重ねるのは嫌ではないのだな？」

「はい……。ただ、とにかく恥ずかしくて……。それに、経験もないのでどうしたらいいか戸惑うし、まだ少し怖いのです」

リリアナの言葉を聞いたデイモンは、彼女の気持ちを落ち着かせるように、よしよしと頭を撫でる。

そうされるとほっとする一方で、彼の指先が耳をかすめると、それだけで身体に小さな火がともるのを感じた。

「それに私、あなたの側にいるとおかしくなるようなんです」

「そうは見えないが」

「見えなくても、デイモン様に触られるとおかしくなってしまうのです。いっぱい触って欲しいという気持ちばかりが強くなって、恥ずかしいのに抵抗できなくて、声も我慢できなくて」

リリアナは必死になって訴えるが、デイモンはちゃんと聞いているのかどうかも怪しい顔で硬直している。だからもっと語気を強め、リリアナは主張を続けた。

「恥ずかしいのに、デイモン様と抱き合いたいと考えるなんて、絶対普通じゃありませんよね。私、きっとおかしくて、そのせいで何か粗相をしてしまうのではと不安で」

だからデイモンが望んでくれても、自分から踏み出す勇気がなかったのだと告白する。

「そんな私でも、デイモン様は本当によろしいのですか？」

「よろしいも何も、嫌だという理由が何一つ見つからないのだが」

「でもいずれは、はしたない女だと呆れられるかと」

「私は君に呆れたことなど一度もない。むしろ私と抱き合いたいと思ってくれて嬉しい」

デイモンはそっとリリアナの唇を指で撫でる。

それだけで火照ってしまう身体に戸惑っていると、そこでデイモンがリリアナの額にそっと口づけを落とした。

「おかしくなりそうなのは私も同じだ」

「ほ、本当に……？」

尋ねると、デイモンは苦笑を溢す。

「君は本当に初心だな。まさか、ここまで何も知らないとは思わなかった」

「わ、私も……勉強せねばとは思っていたのですが……」

恋と縁遠かったリリアナにはその機会もなく、恋愛話で盛り上がるような友達ができたのも最近だ。

その友人とはミラルダのもとにいる少女たちで、彼女たちも男性には縁が無く、交わす恋愛話も小説などで仕入れた可愛らしい内容ばかりである。

閨事の知識はほぼなく、そのせいで余計にリリアナは戸惑い、不安になるのだ。

「知らないというなら私が教える」

リリアナの不安を理解したのか、デイモンは安心させるように微笑む。柔らかな表情を見ていると、リリアナはようやく気持ちが楽になった気がした。

「もし君が許してくれるなら、今すぐにでも色々と教えたい。だから君に、触れてもいいか？」

「もう、触っているではありませんか」

「もっと触りたいという意味だ」

駄目か……と尋ねられると、もちろん嫌とは言えない。

「私、またおかしくなるかもしれません」

「構わない。私もたぶんおかしくなる」

もう既におかしくなっているに違いないと言いながら、デイモンの瞳がリリアナをじっと見つめる。

熱情に濡れた瞳を向けられていると、心に芽生え始めた淫らな欲望が暴かれてしまいそうで、リリアナは思わず彼から顔を背けてしまう。

「嫌ならやめるが……」

「嫌ではなくて、デイモン様に見つめられると、私……」

目を逸らしてはいけないとわかっていたが、リリアナが欲しいと訴える瞳を直視するのは、まだ難しい。

「この目が苦手だと言うなら隠そう。そうすれば、好きに触ってもいいだろう？」

「そ、それは……」

「少し待て、今隠すから」

言うなり、デイモンは纏っていた上衣を脱ぎ捨てた。

「な、なぜ裸に……？」

「これで、目を覆おうと思ってな」

脱いだ衣から帯を抜くと、彼はそれで自分の目を隠してしまう。

「そ、そこまでしていただかなくても」

「だがこの方が君も安心できるだろう。見えずとも、君の身体はしっかりと把握している」

どこが好きかもわかっていると言いながら、デイモンはリリアナの首筋をなで上げた。

「では、これで問題ないな」

問題は大ありだと言いたかったが、それよりも早く唇を奪われ、リリアナは何も言えなくなった。

＊＊＊

閉ざされた視界の中、デイモンはリリアナの小さな身体を潰さぬよう気を遣いながら、彼女の上へと覆い被さる。

指先で探り当てた首筋をなぞり、彼女が感じる部分を探り当てると、唇で吸い上げた。

「あ……そこは……」

すぐさま響いた声は、既に甘く震えている。それに気をよくし、デイモンは小さく微笑んだ。

「恥ずかしがらなくていい。思うがまま、心地よさに身を委ねろ」

リリアナの身体を抱き寄せれば、彼女の肌はじんわりと熱を持ち始めていた。

首筋へもう一度キスを落としてから、デイモンは指先でリリアナの身体を辿った。

柔らかな輪郭をその手に記憶させ、絵を描くように指先で辿れば、リリアナが快楽に呑まれ、甘く震えるのを感じる。

「ほ……本当に……見えていないのですか……？」

甘い吐息と共に、リリアナが戸惑いの声で尋ねた。

「見えていない。ただ、感じるだけだ」

彼の目の前に広がっているのは、完全な闇だ。

しかし、たとえ何も見えなくても、デイモンは目の前にあるものが手に取るようにわかる。

かつてコウランにいた頃、彼は暗闇の中でも自在に動けるようにと、物を捕らえる訓練をしていた。それをここで活かせるとは思っていなかったが、閉ざされた視界の中で肌と吐息を探るのは悪くない気分だった。

「見えない分、肌のきめ細やかさがよくわかる」

シルクのような肌はデイモンの指の動きにあわせて時折強張るが、嫌がっている様子はない。

抵抗されないことに気をよくし、デイモンは腹部をくすぐってから、臀部へと手のひらを移動させた。すると下着の布に指がかかり、デイモンは目隠しの下で僅かに目を細めた。

「これが、邪魔だな」

言うなり下着を引っ張ると、デイモンの手にリリアナの細い指がかかるのを感じる。

「そ、それは……だめです……」

リリアナは抵抗し、デイモンから逃れようと腰を引く。だが彼はすぐさま彼女の背中に手を回し、退路を断った。

「見えないのだから、いいだろう」

「ですが、そこに触れられると私は……」

「おかしくなるのか？」

尋ねると、リリアナが泣きそうな声で「はい」と溢す。艶を帯びた声が耳朶を打つと、デイモンの肌がぞくりと震える。

今すぐ彼女を強く組み伏し、無理やりにでも己を突き入れたい気分になったが、リリアナを怖がらせるとわかっていたので、荒々しい欲望はなんとか抑え込む。

「触れられるとおかしくなる部分は皆持っている。私だってそうだ」

気持ちの高ぶりを悟られないよう声を抑えながら、デイモンは告げる。

「なら、私は普通……ですか？」

「ああ。そして、愉悦を感じる場所に触れられたくなるのも普通だ。人はそこで子をなすのだから」

戸惑いをほぐすために優しく諭すと、リリアナの身体からようやく緊張が抜ける。

「恥ずかしい姿は見えない。だから、君のすべてに触れさせてくれ」

言葉と共に彼女の身体を引き起こし、ゆっくりと下着をずり下ろすと、リリアナはもう抵抗しなかった。それどころか、彼女自ら下着から足を引き抜いたようだ。

それを感じたデイモンは身体を起こし、リリアナと向かい合うように抱きかかえる。

あらわになった豊臀を右手でなぞりながら、まだ少し強張っているリリアナの背を、反対の手であやすように擦る。

同時に唇を優しく啄めば、少しずつではあるが彼女の身体の芯がほぐれ始めた。

「……ん……あぅ」

「感じ始めているのか？」

「ま、まだ、そんなには……」

「なら、もう少し強くしてやろう」

言いながら、デイモンは背中に回していた手をリリアナの乳房へと回す。指で頂を辿ればば、そこはもう硬くなり始めていた。

「君のここは、いつ触れても可愛らしいな」

熟れた先端を指で捏ねながら、デイモンはリリアナの唇を更に深く奪う。

「……あっん……」

荒々しく舌を絡めると、リリアナの喉からは甘い嬌声《きょうせい》がこぼれ出す。

声が響くたび、彼女の身体は熱を高め、淫らに震えた。つままれていた胸の先端もより硬さを増し、彼女の官能が高まっていくのをデイモンは感じる。

この分だと、触っていない方の頂も可愛らしく起ち上がっていることだろう。

デイモンはリリアナの顔をなで上げるように口づけを滑らせ、彼女の頬や鼻、瞼や額にも唇を寄せる。それから耳を柔らかく食むと、いつもより大きくリリアナの身体が跳ねた。

「耳が弱いのか？」

尋ねても返事はなかったが、耳に舌を這わせた瞬間、リリアナの身体が弛緩した。

「…ひゃンッ……」

こぼれた愛らしい声は認めたも同じで、デイモンは胸と尻を強めに揉みしだきながらリリアナの耳を舌で愛撫する。

「……だめ……です……」

そんなに強くしないで欲しい。そんなところを嘗めないで欲しいと、リリアナが懇願する。けれどそれが本心ではないと、デイモンは知っている。

「君が望んでいるのは、もっと激しい快楽のはずだ」

口づけをいったんやめ、デイモンはリリアナをゆっくりとベッドに横たえる。それから、再度リリアナの上に覆い被さると、柔らかな太ももに唇を寄せた。

「……そんなところ、だめです……」

デイモンの顔が太ももの間に移動すると、リリアナが慌てた様子で膝を立てたのがわかった。一番敏感な場所に触れられないようにと警戒したのだろうが、デイモンの前ではささやかな抵抗だ。

「案ずるな、ちゃんと優しくする」

リリアナの小さな膝を摑み、デイモンは彼女の右足をそっと持ち上げた。

「あっ……」

そしてデイモンは、彼女のつま先を食み、チュッと吸い上げる。同時に彼女の足首とふくらはぎを手で包み、デイモンはその細さに驚いた。

「綺麗な足だな」

「み……見えているのですか……？」

「触れればわかる」

本当に綺麗だと言いながら、足首やふくらはぎにも口づけを落としていると、リリアナのつま先が小刻みに跳ねる。

堪えるような吐息と共に、衣擦れの音が響いた。

たぶん彼女は、シーツをぎゅっと握りしめながら、甘い疼きを逃がそうと必死になっているに違いない。

(もっと自分を解放してもいいのにと思うが、慣れない彼女にはまだ無理か)

細やかな愛撫や口づけだけでは、リリアナは自分をさらけ出せない。ならばもっと強い快楽を彼女にもたらさねばと、デイモンはリリアナの膝を開き、その間に顔を沈めた。

「やぁ……アッ……!!」

悲鳴を上げ、足を閉じようとするリリアナを阻みながら、デイモンは彼女の陰唇に舌を這わせる。

既にこぼれ始めていた蜜を舌先に絡ませ、襞を柔らかく吸い上げると、細腰がはね上がる。

「ンッ…だめッ、なめ、ないで……」

言葉では拒否しているが、リリアナの秘部からは絶えず蜜があふれ出している。

(ああ、なんと甘い……)

立ち上る香りも、止めどなくこぼれる蜜も、デイモンの本能を暴こうとするかのようだ。

それをもっと堪能したくて、彼女の花弁を優しく吸い上げれば、一際大きな嬌声がこぼれた。

心地よくて堪らないだろうに、リリアナはデイモンと彼がもたらす愉悦を遠ざけようと、彼の頭に指を差し入れた。

しかし彼女がデイモンを押し返す間もなく、彼は舌先で肉芽を強くこすりあげる。

「だめ……アッ、……やぁ……」

拒絶の言葉が一つこぼれるたび、デイモンはお仕置きをするように、リリアナの敏感な場所を指と舌で抉る。

重なっていく刺激にリリアナの抵抗は次第に弱まり、ついには遠ざけようとしていた手で、デイモンの髪を梳き始めた。

「ようやく、素直になってきたな」

もっと欲しいというような手つきに、デイモンはそっと微笑む。

新しい愉悦を与えるために、閉じた花弁の間に舌を差し入れた。

「あっ、舌が……中に……ンッ」

流れ出す蜜をかき分け、ぐっと強く舌を押し込むと、リリアナが甲高い悲鳴を上げる。

ブルブルと震える腰を抱き寄せ、デイモンはまだ狭い膣の入り口を舌でこじ開けていく。

痛みを感じるようならやめるつもりだったが、闇の向こうから聞こえてくる吐息はどこまでも熱く甘い。

(本当に感じやすいな)

デイモンは嬉しいが、きっとリリアナは自分の変化に戸惑い怯えていることだろう。

それを忘れさせてやるために、デイモンは更に激しく舌を動かし、彼女の身体の奥から快楽を引き出していく。

陰芯を吸い上げながら、今度は人差し指でリリアナの入り口を撫でると、彼女の嬌声が更に熱を帯びていく。そのまま指をゆっくり押し込んでみると、蜜と唾液で濡れていた隘路は容易くすべてを受け入れる。

「痛むか?」

デイモンの人差し指をズブズブと呑み込みながら、リリアナは「いいえ」と囁いた。

「ただ、熱く、て……」

「熱いだけか?」

もっと何かを感じないかと尋ねながら、リリアナの隘路を探っていた指先を小さく折り曲げる。

「ああっ……！」

途端に、デイモンが押さえ込んでいた腰が淫らに震え、甘い泣き声が幾度もこぼれる。

（ここ、か……）

指先を巧みに動かし、デイモンはリリアナが感じる場所を攻め立てた。

「や……ァ……だめ……」

拒絶の言葉を口にしつつも、リリアナが快楽に屈したのをデイモンは肌で感じていた。

もっととせがむように、リリアナはデイモンの顔に腰を近づけている。それに指と舌で応えてやると、彼女の蜜がより甘い匂いを立ち上らせた。

「許して……もう……許、して……」

懇願するが、リリアナの身体は既に戻れないところまで上り詰めている。だからデイモンは彼女を悦びの頂へと押しやるため、隘路に差し入れる指の数を増やした。

ひくひくと蠢《うごめ》く赤い洞を指で強くこすりあげながら、蜜と唾液で濡れた肉芽を舌先で嬲る。

「あ、あああ……ッ！」

その瞬間、リリアナは恍惚とした声を上げ、絶頂を迎えた。

愉悦に溺れ、身体を大きく痙攣《けいれん》させる様を肌で感じながら、デイモンは大量の蜜と共に指を引き抜く。

「……ふぁ……」

その刺激にさえ心地よさを感じたのか、指が抜かれるのに合わせ、リリアナの腰はビクンと跳ねた。

(目を隠すなんて、やはり言うのではなかった……)

きっと、リリアナはうっとりとした表情で、デイモンのもたらした絶頂の余韻に浸っていることだろう。

見たいと強く思いながらも、デイモンはそっとリリアナの腹部に頭をのせる。

視覚が閉ざされているため物足りなさはあるが、それでも彼女の熱を直に感じていると、得も言われぬ心地よさと幸せを感じる。

(今までとは、いったい何が違うのだろうか)

精を放ったわけでもないのに、デイモンの心は充足感に満ちている。

仕事で女性と肌を重ねることは今まで何度もあったが、それでもここまでの気持ちになったことはなかった。

リリアナの体温は特段高いわけではない。胸は大きいが、身体の大きさも脂肪の付き方も、一般的な女性とそう大差はない。

ならばいったい何が違うのかと考えていると、そこでリリアナがデイモンの髪を撫でた。

達したばかりでまだ力が入らないだろうに、子どもをあやすように彼女は手を動かす。

「君は、頭を撫でるのが上手い」

「そんなこと……初めて、言われました」

掠れた声で告げながら、リリアナはデイモンの髪を優しく梳かす。それが心地よくて、幸せで、デイモンは目隠しの下でそっと目を閉じた。

「ずっと、こうされていたい」

自分でも気づかぬうちに、デイモンの口からはささやかな願いが溢れた。

「頭を撫でるくらい、いつでもしてさしあげます」

「なら毎晩してくれないか？」

「デイモン様が望むなら」

リリアナが笑う気配を感じているだけで、ひどく穏やかな気持ちになれる。

「結婚とは良いものだと、今しみじみ感じた」

そしてその相手が君で良かったとデイモンは微笑む。一方で、彼の言葉を聞いたリリアナの指先に、少しだけ躊躇《ためら》いが生まれた気がした。

「……君は、そう思わないのか？」

「いえ、ただ、これでいいのかなと……」

指先に戸惑いをのせたまま、リリアナはぎこちなくデイモンの頭を撫で続ける。

「私がデイモン様のためにできるのは、こうして頭を撫でることくらいだから」

「それだけで嬉しい」

「でも妻の務めとは、それだけではないでしょう」

「いずれ公務などには出るかもしれないが、君はまだ見習いの身だし……」

「そういうことではなく、デイモン様のために何かできることはないかと考えてしまうのです」

リリアナの言葉に、デイモンは驚く。

「私のために、何かしたいと思ってくれるのか？」

「もちろんです。私のような粗忽者を妻にと望んでくれたデイモン様に恩返しもしたいです」

リリアナの言葉が嬉しくて、幸せすぎて、デイモンはがばっと身体を起こす。

「なら、私に恋をしてくれないか」

思う間もなくこぼれた言葉に、頭を撫でていたリリアナの手がピタリと止まった。

「恋って、どうして……」

「君が恋に落ちた顔を、見てみたい」

ファルゼンがリリアナを見て恋をしている顔だと言ったとき、デイモンは彼女の顔が見たくて堪らなかった。

結局それは勘違いだったが、残念でならなかったのだ。

（彼女の恋する顔は、きっと愛らしい……）

だからそれを、デイモンは見てみたかった。

「難しいこと……だろうか……」

黙っているリリアナに不安を感じ、デイモンは気配をうかがう。するとそこで、リリアナはデイモンの頭からそっと手を離してしまった。

やはり無理なのだろうかと落胆していると、彼女の細い指がデイモンの頬を優しく撫でた。

「私で、よろしければ」

声は少しだけ震えていたが、リリアナは確かにそう言った。

その途端、指先が震え、目の奥が焼けるように熱くなる。

「君がいいんだ」

初めて感じる変調に戸惑いながら、デイモンは強く言い切った。

「なら、頑張ってみます……。ただ私も恋の仕方はわからないので、具体的にどうすればいいかはわからないのですが……」

「そこら辺は事前に調べるから安心して欲しい」

こう見えても調査は得意なのだと笑うと、リリアナは再びデイモンの髪に指を絡ませ、優しく撫でてくれる。

「デイモン様に頼りっぱなしは嫌なので、私も色々調べてみますね」

リリアナの言葉を嬉しく思いながら、デイモンは彼女の腹部にそっと口づけを落とす。

途端に彼女の腰がピクンと跳ね、恥じらうような声をだす。

「だがその前に、続きをしてもいいだろうか？」

気持ちは満ち足りていたが、それでもこのまま一人で身体を静めるのは耐えがたい。

だから今夜も受け入れてくれないかと微笑み、デイモンはリリアナが観念する瞬間を、今か今かと待ちわびた。

第五章

「恋する男女がすることっていったら、そりゃあデートでしょう！」

何を言っているんだという顔を向けてくる親友マリナの顔を見て、リリアナは手にした手帳に『デート』という文字を書き加える。

「待って、わざわざ私とミラルダ様に会いに来たのは、そんなくだらないことを聞くためなの？」

「く、くだらないことじゃないわ。私、今とても悩んでいて……」

「言いすぎよマリナ。恋に悩むのは、くだらないことではないわ」

そう言って助け船を出してくれたのは、マリナと共にリリアナの話を聞いているミラルダである。

それをありがたく思う反面、義理の母でもある彼女に加勢されるのは複雑な気分だった。

正直、リリアナはこの話をミラルダにまで聞かせるつもりはなかったのだ。

一番仲の良いマリナにだけそっと打ち明けるつもりだったのに、鉢合わせするなりミラルダに『何か悩みがある顔ね』と見透かされてしまったのである。

そしてそのままマリナと共にお茶に誘われ、気がつけばデイモンとのことを話す流れになっていた。

「それにしても、恋をして欲しいなんて甘酸っぱいことを言うわね、あの子も」

リリアナは恐縮しているが、話を聞いてくれるミラルダは始終楽しげである。

元々彼女は恋愛に関する話が好きで、行儀見習いたちの子どもじみた恋愛話にもよく付き合っている。

それに彼女は古今東西のあらゆる恋愛小説を読みあさり、それについて熱く語ることもしばしばあった。

(ミラルダ様ってお年を召しているけど、どこか少女のような方よね)

だからこそ、デイモンとのことも反対しなかったのではと今更思う。リリアナを昔から可愛がってくれたミラルダは、『恋人ができたら一番に教えてね』と言っていたし、むしろこうやって話せる日を心待ちにしていたのかもしれない。

だとしたら遠慮する必要もない気がして、リリアナはミラルダの方へと視線を向ける。

「ただ恋をしたことがないので、どういう気持ちが恋に当たるのかもわからなくて」

「デイモンもそうだけど、あなたも相当甘酸っぱいわね」

「す、すみません」

「悪いことじゃないわ。傍《はた》から見ている分にはときめくからいいの。むしろもっとドキドキさせてちょうだい」

そう言って手をぎゅっと握られると、なんだか少しほっとする。

しかしそんなやりとりに、マリナは少し呆れているようだった。

「いや、ときめきます？　急に結婚することが決まったと思ったら、今度は恋がしたいとか、順番がおかしくないですか？」

「結婚から始まる恋は恋愛小説の基本よ！　むしろ、王道よ！」

ミラルダは頬に手を当て、そこでウットリと目を細める。

「うちの息子たちは揃いも揃って残念だから、いつまで経っても浮いた話がなくてがっかりしていたの。だからデイモンがリリアナと結婚したいと言い出したとき、甘酸っぱい展開にならないかとこっそり期待していたのよね」

やっぱり喜んでいたのかと、リリアナは自分の考えが当たっていたことに苦笑した。

「でもあの、今更ですが本当に私で良かったのですか？　私は粗忽者だし、キリク様より先に結婚して本当に良かったのかと不安で……」

「いいのよ。キリクの場合は、本気で愛せる人でないと結婚はさせられないし」

ミラルダの言葉は意外で、リリアナとマリナは思わず顔を見合わせる。

「あの、普通は少しでも早く結婚させるものじゃないんですか？」

尋ねたのはマリナだが、リリアナも同じ考えである。国王であれば世継ぎの問題があるし、彼はもう今年で三十歳だ。

「普通の国ならそうだけど、うちは少し特殊な血筋でしょう？　それに、夫の件で色々とあってね……」

これは言い伝えのようなものだけれど……と、ミラルダはそこで声を抑える。

「誰かを愛すると、とにかく一途な家系なの。恋をして、愛を育むことで、スカーナの王族はその身に特殊な力を宿し、人に幸福を与えることができるという伝承もあるのよ」

スカーナの王族が神の血を引いている話は聞いたことがあったが、それが愛によって育まれるというのは初めて知るものだった。

「ただ夫はいくつになっても相手が見つからず、仕方なく私と結婚したの」

そしてそのあとデイモンの母親と出会ったという話はリリアナも知っていた。

「彼にとっては彼女こそが運命の相手だったから、彼女がコウランに帰るなり抜け殻のようになってしまってね……。政《まつりごと》は私が担っていたけれど、宝石作りはどうにもできなくて大変だったのよ」

言葉の端々にほんの少しだけ寂しげな気配を滲ませつつも、ミラルダは淡々と前王のことを二人に話してくれる。

「まあそもそも、本当に特別な力が宝石に宿っているかは定かではないし、力が無くなったというのも夫が話していただけで、実際のところはわからなかったのだけど……」

ただデイモンの母が去って以来、前王は体調を崩すことも多くなったのだという。

それを見たミラルダや大臣たちは同じことを繰り返すべきではないと強く感じ、キリクの伴侶は彼が愛した者にしようと決めたらしい。

「ただ、キリクの能天気ぶりを見ているとちょっと危機感を覚えるわ……。スカーナ王家の男は代々運命の相手を見つけ、栄えてきたというから大丈夫だとは思うけれど……」

私に似て顔は良いのに、どうして見つからないのかしらとミラルダは冗談めかして笑う。

彼女の笑顔につられて笑いながらも、リリアナは改めて彼女の逞しさに感服していた。今話してくれたことは、彼女にとって笑顔で語れる内容ではないはずだ。だが彼女は表情を曇らせることなく、楽しげな表情のままマリナの手をぎゅっと摑んだ。

「そうだ、今度マリナもキリクに会ってみない？　実を言うと二人のどちらかを会わせたいと思っていたのよ」

「じょ、冗談もほどほどにしてください」

慌て出すマリナを見つめ、ミラルダはクスクスと笑う。

「でもリリアナはデイモンに取られてしまったし、あの子に付き合ってくれるほど心の広い女の子は、もうあなたしか残っていないのよ」

「私の心は全然広くないです！」

「そんなことないわよ！　それにうちの王族は、そこまで堅苦しくないからお勧めよ」

「お勧めって、ミラルダ様は軽すぎます」

マリナは呆れているが、ミラルダの言葉はあながち間違ってはいないと思う。

実際、王族に堅苦しさがない点についてはリリアナも身をもって知っていた。

行儀見習いの仕事の他に、ミラルダから王家のしきたりやマナーを学ぶ授業を受けることにはなったが、それを除けば堅苦しいしきたりや生活を強制されているわけではない。社交界に出たあとは公務もあるが、ミラルダから以前説明された内容から察するに、求められる振る舞いやマナーは、貴族の令嬢として学んだものと大差はなさそうだった。

「それに、私はこんな身体だし」

「マリナなら大丈夫よ。すぐ転ぶ私よりちゃんと歩けているし、物も壊さないじゃない」

だから問題ないわとリリアナまでもが力説すると、マリナは複雑な顔で固まる。

そのとき不意に、ミラルダが「忘れていたわ」と言って席を立つ。程なくして、彼女は一冊の手帳を持って戻ってきた。

「あなたの言う『すぐ転ぶ』欠点について、実はちょっとした相談があったの」

「相談って、やっぱり何か問題が……？」

思わず表情を暗くしたリリアナに、ミラルダは慌てて首を横に振る。

「良い相談よ。あなたが転びやすい原因を突き止められたかもしれないの」

「ほ、本当ですか？」

「ええ。そしてその手がかりが、この観察日記よ」

「か、観察日記って何のです……？」

妙な不安を感じていると、ミラルダは楽しげな顔で日記を開いた。

「あなたのよ。どこかの誰かが、熱心に書き記したものなの」

「も、もしやデイモン様……ですか？」

「あら、察しが良いのね」

ミラルダは感心したように言うが、そんなおかしなことをするのは、彼しかいない。

「あの子、本当に観察眼が鋭いのよ。だからあなたが転びやすいのは、歩き方が原因だと、この前力説していたわ」

「い、いつの間にそんなお話を？」

「最近あの子、ちょくちょく顔を見せてくれるのよ」

ミラルダが言うには、デイモンがこの手帳を置いていったのはつい先日のことらしい。

「窓から突然入ってくるなり、『リリアナの転ぶ原因がわかったから、授業の中で歩き方の矯正もしてみて欲しい』って、これを渡されてね」

「……やっぱり窓から……」

「最初はびっくりしたけれど、とても熱心だったし、リリアナのためならと、彼の言葉を参考に矯正方法を考えてみることにしたの」

言いながらミラルダが見せてくれた手帳は、観察日記と呼ばれるだけあり、引いてしまうくらい細かくリリアナのことが記載されている。

時折右足をかばう歩き方をしていることや、そのせいで体勢が十二度ほど右に傾くこと。また長時間座ったあとは足の関節が強張り転びやすい……などなど、歩き方だけで何十ページも書き込まれている点には脱帽《だつぼう》する。

ミラルダはリリアナににっこりと微笑んでから、今度はマリナの手を取り、笑みを深めた。

「うちの男たちの執着と一途さはすごいでしょう？　だからキリクに見初められれば、こういう愛に溢れた素敵な日記をつけてもらえるわよ」

「ぜ、絶対いやです」

愛が重すぎますとうんざりするマリナ。リリアナはそれに同意しようと思う一方で、デイモンがこんなにも自分のことを考えてくれていたと思うと、嬉しい気持ちもある。

「え、待って……リリアナ、喜んでる？」

察したマリナに啞然とされ、リリアナは照れたように笑う。

「いや、意外と悪い気はしないかなって」

「ねえ、あんた普段デイモン様からどんな目に遭ってるの？　これで喜ぶとか、どれだけ苦労させられてるの？」

本気で心配してくるマリナに、別にひどい目に遭っているわけではないとリリアナは言葉を重ねる。

「驚いたり戸惑うことはまあ、すごくいっぱいあるけど」

それにも、最近慣れ始めている気もする。

「リリアナは、驚くような状況に巻き込まれる運命なのねきっと……」

「言われてみると、確かにそのとおりかも」

持って生まれた間の悪さのせいで、普通に生きていればそうそう遭遇しないような状況に陥ることは多かった。その中でも、デイモンとの出会いは一番の衝撃だ。

「じゃあもっと、びっくりすることが起きるかもね」

「これ以上ってあるかしら」

「絶対あるわよ。デートでも、びっくりするような目に遭う気がする」

さすがにもうないわよとリリアナは笑ったが、マリナに続いてミラルダまでもが不敵に目を細める。

「その話を聞くのが今から楽しみだわ」

「ミラルダ様まで……」

「でもあまりにひどいデートだったら言いなさい。私がデイモンを叱りつけてあげるから」

それはそれで申し訳ない気がして、デートでおかしなことが起きませんようにと、リリアナは胸の奥で祈った。

＊＊＊

『デイモン様、あの、今度デートをしませんか？』

『わかった。では明日、朝十時に決行しよう』


何事においても、デイモンの実行力と決断力はすさまじい。

でも何かが違うと、始まる前からリリアナは不安を感じていた。

ミラルダたちに言われた言葉を思い出してハラハラしつつも、翌日起きると、外出用のドレスが用意され、宮殿の前には立派な馬車も停まっていた。ここまでは、ひとまず普通でリリアナは安心する。

「とりあえず、年頃の女性が喜びそうな店に予約を入れておいた」

目的地を淡々と告げる口調はデートっぽくなかったが、馬車が停まった場所を見てリリアナは思わず嬉しい悲鳴を上げた。

古今東西の酒と茶が何でも揃っているという謳い文句の茶店は、様々な国から持ち寄られたテーブルや調度品が飾られた異国情緒溢れる内装だった。そこでお茶を飲み、食事をするのはスカーナの若い恋人たちの憧れで、リリアナもデイモンと来てみたいとこっそり思っていたのだ。

「私、ここに来てみたかったんです」

おかしな場所に連れてこられなかったことにほっとし、リリアナは思わずはしゃいでしまう。

　だが、笑顔でいられたのはそこまでだった。

「まあ！　デイモン様よ！」

「デイモン様が久しぶりにお見えになったわ！」

　彼と共に店に入るやいなや、中にいた女性たちが、ものすごい勢いでデイモンに群がり始めたのである。

　女性たちはリリアナの姿がまったく目に入っていないのか、中には彼女を押しのけようとする者もいた。

　デイモンがさりげなくリリアナをかばってくれたからいいようなものの、リリアナは彼女たちの勢いに完全に呑まれていた。

「申し訳ありません。今日は先約があるので失礼します」

　だがリリアナが一番驚いたのは、女性たちではなくデイモンにだった。

　群がる女性たちの間を歩きながら、彼は優しげな笑みを作り、礼儀正しい挨拶を返していたのである。

　普段の無愛想が嘘のような柔らかな笑顔に驚き、言葉を失うリリアナとは対照的に、女性たちからは黄色い悲鳴があがる。

（こ、この人は誰……なの……？）

　そんなことを思ってしまうくらい、デイモンは別人だった。

困惑のあまり転びそうになったリリアナに気づいたのか、デイモンは彼女の腰に腕を回し、二階にある個室に素早く連れ込む。

喧噪と女性たちの視線から遠ざかり、ようやく息をつけたが、戸惑いはまだ消えない。

「あの、先ほど声をかけてきたのはお友達ですか？」

「いや、まったく知らない者だ」

そう告げるデイモンは、普段通りの声と表情だった。

（まったく知らない人にあんな顔をするものかしら……？）

女性たちに向けていた柔らかな表情を思い出した途端、リリアナの胸が小さく痛む。

リリアナにだって笑いかけてくれることはあるが、彼の表情はいつもどこかぎこちない。

だからてっきり笑うのが下手だと思っていたのに、それは自分の前だけらしい。

（女性を不幸にするって噂もあるのに、人気が無いわけじゃないのね……）

むしろ噂が立つということは、それだけ多くの人と付き合ってきたのだと今更わかり、リリアナの心は不快にざわついた。

（きっと、この店にも別の女性と来たことがあるんだわ……）

それも一度や二度ではないのかもしれないと思っていると、それを証明するように、彼は手慣れた様子でお茶と酒を注文する。

（私は初めてのデートだけれど、彼はそうじゃないのね）

よくよく考えればわかりきったことなのに、なぜだかそれがとても辛くて、弾んでいた気持ちはしぼんでしまう。

　一方デイモンは、リリアナの落胆にも気づかず、見覚えのある手帳をテーブルの上にのせた。

　そこに自分のことが書かれていると思うと気持ちは少し浮上するが、こちらを見つめる表情にはやっぱり甘さがない。

「改めて今日の予定と方針を確認させてくれ」

　その上、口を突いて出た言葉は、ものすごく事務的だった。

「ここでお茶をしたあと、海辺の公園を散歩し、最後は商業区で露店を巡ろうと思うのだが異論は無いか？」

　デートの相談と言うにはあまりに色気のない確認に、リリアナは答えに詰まる。

「デ、デイモン様がそれでよろしければ」

「私ではなく、君の意見が聞きたい。一応、十代の女性が好む店をリストアップし、候補を選んだのだが、問題ないだろうか」

　言いながら差し出された手帳には、リリアナが行ってみたいと思っていた店の名前などが書かれている。

　だがそれを見ても、心は弾まなかった。かといって嫌というわけでもないので、彼女は「大丈夫です」と力なく言葉を返す。

「あともう一つ、ここで確認したいことがある」

突然、デイモンは個室を隔てる衝立をずらし始めた。更なる奇行に戸惑っていると、ずれた衝立の向こうから黄色い悲鳴が聞こえた。せっかく雰囲気の良い個室で二人きりだったのに、衝立が無くなったせいで、階下から丸見えになってしまったのだ。

「あの、なぜ衝立をずらしたんですか？」

「ここから、店内にいる男を見て欲しいからだ」

「へ？」

意味不明の提案に、リリアナは情けない声を上げてしまう。

「見て、全員に点数をつけてくれ」

「て、点数？」

「君に好かれるため、男の好みを把握し分析したい。だからここにいる男たちを見て、評価をして欲しい」

大真面目に言われ、リリアナは落胆を通り越して呆れた。

(……私はデートのつもりだったけど、デイモン様はそうじゃないのね)

彼がしたいのは調査か何かなのだと気がついて、リリアナはがっくりと肩を落とした。

ミラルダたちの言葉は正しかったと、痛感する。

「とりあえず、カウンターにいる男から頼む」

「……はい」

なんだかもう突っ込む気力も無くなってしまい、リリアナは素直に従うことにした。

（デイモン様のデートって、いつもこんな感じなのかしら……）

世間話の一つも無いのかしらと思いつつ、リリアナは運ばれてきたお茶を飲みながら、ぼんやりと陛下に目を向ける。

（……どうせなら、見知らぬ男の人じゃなくて、デイモン様のお顔を見ていたかったな）

東方の杯を手に酒をあおる彼は、きっと素敵に違いない。

そんな彼と飲み物の感想を言い合い、微笑み合い、人目を忍んでこっそり手を繋いだり、キスをしてみたかったのだと、今更のようにリリアナは気づいた。ただそれは、叶いそうもなかったけれど。

「……こんなはずじゃなかったのにな」

ため息をつき、リリアナは泣きたいような気持ちでカウンターの男に目を向ける。

そして震える声で、十点満点で三点だと伝えようとしたとき、不意にガタンと机が揺れた。

「……いや、やはり……調査は別の方法にしよう」

直後、突然リリアナの頬にデイモンの手が触れる。

そのままぐっと顔を横に向けられ驚いていると、リリアナ以上に戸惑った顔がそこにはあった。

「すまない、点数をつけるのはやめよう」

「え、でも……」

「君が他の男を見ていると、なぜだか耐えがたい苦痛を感じる」

胸が苦しいと眉間に皺を寄せるデイモンの表情は、ちっとも甘くない。むしろ人でも殺しそうな険悪なものである。

けれどリリアナは、その顔を見てなぜだか胸がドキドキしてしまう。

「少しだけ、私を見ていてくれるか」

「す、少しだけ……ですか？」

「いや、少しでは足りないかもしれない」

悩ましげな声で言って、デイモンはじっとリリアナを見つめる。ようやく彼と顔を合わせられて嬉しかったが、いざこうなってみると今度はひどく恥ずかしい。

険悪だった表情が解け、段々と穏やかになっていくデイモンの表情を見ていると、鼓動が更に乱れ、呼吸が苦しくなってしまうのだ。

そんな自分を落ち着けたくて、リリアナはテーブルの上のお茶をたぐり寄せ、一気にあおった。

「――!?」

その途端、顔がカッと熱くなり、思わず額を手で押さえる。

「おいっ、今飲んだのは私の酒だぞ」

かなり強い酒だと言う声で、自分がまたドジを踏んだと気づいた。

自分が情けなくなるが、それ以上にこの状況に対する混乱と今までの苛立ちがムクムクと膨れ上がり、反省よりも憤りの気持ちが強くなる。

「大丈夫か？」

「大丈夫じゃないです」

言わないようにと堪えていた不満が、口からこぼれてきたのはきっと酒のせいだろう。気がつけば不満を表情に出し、じっとデイモンを見つめてしまう。

「……あんな笑顔、他の人に見せるのずるい」

我慢していた言葉があふれ出したが、それを止めることができない。止めようという気持ちすら、今は芽生えてこなかった。

「それに、私はデイモン様だけ見ていたいのに……ひどいです」

「お、おい……」

「私は初めてのデートなのに……、ロマンチックなのがよかったのに……」

リリアナは言葉を重ねながら、本来飲むべきだった自分の湯飲みを摑む。

「私は見つめ合って、こうやって、一緒にお茶が飲みたかったのに……！」

言いながらお茶をあおると、更に顔がカッと熱くなり視界が回る。何かがおかしいと思ったが、状況を冷静に判断する余裕は、もはやなかった。

「目が据わってるが、大丈夫か？」

「……なんだかこのお茶、お酒みたいな味がします」

「いや、それは普通のお茶だと思うが……」

「口答えしないでください！　デートもろくにできないくせに！」

言いながら湯飲みをテーブルにたたき付け、リリアナは勢いよく机に突っ伏す。

そのまま机をバンバン叩いていると、胸のムカムカがこみ上げてきて、リリアナは思うがまま言葉を吐き出していた。完全に酔っていた。

「なんでロマンチックにできないんですか！　いい大人なのに！」

「す、すまない……」

「デートしてるんですよデート！　わかってます!?　わかってないですよね!!　甘い言葉の一つも無いですよね!!」

「あ、甘い言葉が欲しかったのか？」

「当たり前ですよ！　こんな味気ないデートじゃ、恋なんてできるわけないです！　絶対無理です」

「そ、そこまでだめだったのか」

リリアナの言葉に、デイモンは衝撃を受けた顔で固まった。

「それに行き先の確認の仕方もおかしいです！　リストとか見せてんじゃないですよ！仕事か！」

「た、確かにそのとおりだ……」

今更気づいたという顔で、デイモンは向かいの席からリリアナの隣へと移動する。

それから彼は、リリアナの手から杯と湯飲みをそっと遠ざけ、そこで僅かに眉をひそめた。

「茶器の方も酒臭いが、私は注文も間違えたのだろうか……」

「私がくさい？」

「そんなことは言っていない」

落ち着けと諭されたが、それすらも腹立たしくて、リリアナは机に頬をつけたままディモンを上目遣いに睨む。

しかし上手く定まらぬ視界が捕らえたのは、彼の顔ではなかった。

「……二点の顔が見えます」

見覚えがあるが誰だかわからず、リリアナは惚けた声で点数をつける。

その途端「二点とは何だ！」とこれまた聞き覚えのある声がした。

(あれ、この声、ファルゼン様に似ているな……)

酒のせいで潤んでしまった目を擦り、瞬きを繰り返すと、そこにいたのは確かにファルゼンだった。

リリアナの言葉にむっとした顔をしていたが、彼女が机に突っ伏しているのを見ると何やら嬉しそうに手を叩いている。

「その様子では、私の作戦は大成功だな」

我が物顔で個室に入ってきたファルゼンは、二人の前に腰を下ろした。

「作戦とは？」

ぼんやりしているリリアナのかわりに尋ねたのはデイモンだった。彼の質問に、ファルゼンが得意げに胸を張る。

「貴様たちがデートをすると聞き、ぶち壊してやろうと思って来たのだ！　酒癖の悪さを見れば百年の恋も冷めると言うだろう！」

「そうなのか？」

「冷めるだろう！　見ろこのざまを！」

「冷めるどころか、可愛いぞ？」

デイモンの言葉に、ファルゼンが何か言いたげに口を開いた。

だがそこで、リリアナがファルゼンをぐいと押しのける。

「今の、可愛いって本気です？」

「ああ。だから今も君に口づけたくて堪らない」

「そういうのですよ！　そういうのがデートです」

「そうだな、なぜ私はこんな当たり前のことに気づかなかったのだろう」

言いながら、デイモンがゆっくりと身をかがめてくる。それにつられてリリアナは目を閉じようとしたが、口づけを阻むように、二人の額を今度はファルゼンの手が押しやった。

「だから僕を無視してイチャイチャするな！」

「すまない、またしてもリリアナが可愛すぎてお前の存在を忘れていた」

デイモンはそう言って謝罪するが、口づけを邪魔されたことがリリアナはちょっと面白

くない。

「いちゃいちゃしたって良いじゃないですか」

「まさかお前、やはり恋をしているのか!?　こんな男に!?」

　こんな男とファルゼンが指さす先を見れば、デイモンが少し困った顔で二人を交互に見ている。そんな表情を見ていると、改めて彼は格好いいなぁと思い、リリアナはだらしなく笑った。

「こんな男じゃなくて、デイモン様はいい男です」

「本気か!?　こんな欠点だらけの男が!?」

「確かにまあ、ちょっと変なところもあるし時々腹も立ちますけど、可愛いところもいっぱいありますから」

「こ、これが可愛い!?」

「はい、とーっても可愛いです。こんな顔して血が苦手なところとか、意外性があるのも良いですね」

　リリアナの言葉に、そこでデイモンは複雑な顔をした。褒めたのになぜだろうと考えていると、ファルゼンがぐっと身を乗り出してくる。

「待て、そんな弱点がデイモンにはあるのか？　詳しく聞かせろ」

「詳しくは知らないので話せません。デイモン様は、あんまりご自分のことを話してくださらないので」

思いのほか恨めしい声が出て、リリアナは見ないようにしていた彼への不満に気がついた。

（そういえば、なんでデイモン様はご自分のこと、話してくださらないのかしら……？）

むっとした気持ちを顔に出し、リリアナはじっとデイモンを見つめる。

「お話ししてくれないのは、私が零点の女だからですか？」

「誤解をするな」

「じゃあ何点ですか」

「点数などつけられない。数字に置き換えるには、君は可愛らしすぎる」

「じゃあキスしてくださいますか？」

三回くらい欲しいですと言った途端、そこでまたファルゼンが邪魔するように腕を振り回す。

「だから僕を無視するな！」

「すまない。今日はリリアナしか目に入らない気がするので、帰ってくれないか」

「くそっ、こうなったら作戦を変える！　もっとひどい邪魔をしてやる！」

などと言いながら、ファルゼンは椅子を蹴り飛ばし、部屋を出て行こうとする。

「……うぐっ!!」

しかしその直後、ズシャッとすさまじく痛そうな音を立てて、ファルゼンはすっころび顔から地面に倒れた。

その上、彼は慌てて立とうとした拍子に足をもつれさせ、もう一度ズシャッと転ぶ。

あまりにも見事な転びっぷりに、リリアナは僅かに酔いが覚め、啞然とする。

（……この人、私と同じ匂いがするわ）

何もないところで転ぶ残念さや、それをすぐに立て直せない様子は同類としか思えず、仲間がいたという感動さえ覚えてしまう。

「そ、そんなキラキラした顔で見るな!!」

リリアナの顔からその考えに気づいたのか、ファルゼンがくわっと目を見開く。ただし、両方の鼻の穴から鼻血を出しているのですさまじく情けない。

一方ファルゼンの顔を見たデイモンは、さっと彼から顔を逸らした。それどころか、彼は慌てた様子で立ち上がると、ファルゼンの横を素通りし、部屋を出て行ってしまった。

「相変わらず、助けてはくれないのか……」

立ち去るデイモンに恨めしげな視線を向けつつ、ファルゼンがぽつりと溢す。悲しげな声にはっとし、リリアナはよろめきながらも彼に近づき助け起こした。

「前にも、置いていかれたことがあるんですか？」

「昔から、あいつは僕が何度転んでも絶対に助けないんだ」

ファルゼンは憎々しげに顔を歪ませ、ハンカチを鼻の穴にねじ込む。

「やっぱり、ファルゼン様もよく転ぶんですね」

私と一緒ですねと笑うと、失言に気づいたのか彼の顔が赤くなる。

「と、時々転ぶだけだ！　でもそのたび、奴は怪我をした僕を平気で置き去りにする」

子どものときからずっとだと怒る様子から察するに、どうやらファルゼンのデイモン嫌いの根っこはそこらしい。

「それはきっと、血が苦手だからですよ」

「……やはり、先ほどの話は本当なのか？」

「はい。前に私の血を見たときも、血相を変えていました」

「いや、だが奴の仕事は……」

何か言いかけつつも、ファルゼンは途中で言葉を呑み込む。

それから彼はデイモンが去って行った扉の方を、恨みがましく睨んだ。

「理由はともかく、この僕を置いていくのは許せない」

「苦手なら仕方がないですよ」

「暢気《のんき》な奴だな。お前だって置いていかれたようなものだろ」

「でもきっと、戻ってきてくれます」

「だが戻ってこなかったらどうする」

ずっと待ちぼうけを食わされたらどうするのだと尋ねられると、リリアナはなんと答えたらいいかわからない。

「戻らない相手を待つより、自分のしたいようにした方がいいぞ」

そう言って、ファルゼンは鼻を押さえながら個室を出て行ってしまう。

デイモンを追いかけたのか、それとも医者のところに行ったのかはわからないけれど、少なくとも彼はリリアナのようにただ待っているだけではいられないようだ。

その行動力をうらやましく思いつつも、下手に外に出て女性に絡まれるデイモンと遭遇してしまったらと思うとなぜだか足が竦んでしまう。

だからリリアナは、椅子に腰掛け、一人ぽつんとデイモンを待つことしかできなかった。

＊＊＊

ふっと目を開けると、視界が鮮やかな赤色に染まっている。

それが夕日によるものだと気づいた瞬間、デイモンは慌てて身を起こした。

痛む頭を押さえながら周囲を確認すれば、そこは茶店の倉庫のようだ。気分が悪くなり、人気の無い場所に行かなければとそれだけを考えていた結果、倉庫に飛び込み意識を失っていたらしい。

ずいぶん長い時間が経っていることに気づき、デイモンは外へと飛び出す。

もしかしたら、リリアナは先に帰ってしまったかもしれないと思ったが、個室に戻ると彼女はまだそこにいた。

机に突っ伏したまま、穏やかな寝息を立てる彼女の周りには酒瓶やお茶の湯飲みが並んでいる。

その数を見れば、ずいぶん長いこと彼女を一人にしてしまったのは明白で、デイモンは苦々しい気持ちで彼女の側に歩み寄った。

リリアナを起こそうと彼女の肩に手をかけたところで、彼女がペンを握ったまま眠っていることに気がつく。

突っ伏したリリアナの下には、デイモンが置き忘れた手帳が落ちていた。

見れば、開かれたページは半分ほど黒く塗りつぶされている。かろうじて読める文字から推測すると、塗りつぶされていたのはリリアナに見せたデートの候補らしい。

(私の考えたデートは、きっと不満だったのだな……)

ため息をつきながら手帳をそっと取り上げると、そこではらりとページがめくれた。

すると自分のものではない字が現れ、デイモンはドキリとする。

――次のデートは、デイモン様と二人きりがいい。

――ロマンチックな雰囲気の場所で、手を繋いだりキスがしたい。

愛らしい主張が綴《つづ》られたページを見て、デイモンは思わず胸を詰まらせる。

酔った勢いで書かれたそれは、リリアナの素直な望みに違いない。

だとしたら自分はまったく見当違いのデートを提案していたのだとわかり、大きな後悔が押し寄せる。

「……ん、デイモン……様？」

そのとき、リリアナがゆっくりと目を開けた。まだ酔っているのか、その表情はいつになく柔らかい。

「ごめんなさい……ちょっと……飲みすぎました」

「謝るのは私の方だ」

「いいんです。戻ってきてくれて、嬉しい」

そう言って、身を寄せてくるリリアナに罪悪感を覚えつつ、デイモンはリリアナを抱き寄せる。

「怒っているなら、そう言ってくれ」

「いいえ、楽しかったです。待っている間、お店の人が色々持ってきてくれて」

「それで、飲んだのか」

「はいっ、いっぱい飲んじゃいました」

機嫌の良さにほっとしたが、デートを続けるには彼女は少し酔いすぎている。

デイモンはリリアナを担ぎ上げ、彼女が落ち着いて休める場所に移動することにした。

好奇の目を掻い潜りながら店を出て、デイモンが向かったのは茶店の側にある古い彫金店だ。その店はデイモンの所属する諜報部が管理している建物の一つで、普段は尾行や監視の拠点として使われるものだ。

長時間の張り込みなどもあるため、店の二階には簡易ベッドが置かれており、そこで寝泊まりしながら調査を行ったことが何度かある。

ここ最近は大きな事件もなく調査するべき悪徳貴族もいないので使用しておらず、デイモンはそこでリリアナを休ませることにした。

(今後は外で酒を飲ませない方が良さそうだな)

デイモンにべったりとくっついたまま、まったく離れる様子のないリリアナに水を飲ませてやりながら、彼はしみじみとそう思う。

デイモン自身も、血を見たことで乱れた気持ちを落ち着けたいと思っていたのだが、縋り付くリリアナがそれを許してくれない。

「デイモン様、ぎゅーってしてください」

ベッドに腰掛けたデイモンの腰に抱きつきながら、リリアナは可愛らしい顔でそんなことを言う。

ドレスがはだけるのもいとわず、ベッドの上に寝転がっている彼女は無防備で、デイモンは目のやり場に困っていた。

普段なら大喜びで抱き寄せ組み伏しているところだが、先ほど血を見てから、頭の痛みも尾を引いている。

それにリリアナが怒っていないとはいえ、彼女を置き去りにしてしまった直後に、軽々しく手を触れていいのかとも迷う。

「もしかして、お加減が悪いのですか？」

色々な意味で頭を抱えていると、リリアナがゆっくりと身体を起こした。

「大丈夫だ。すぐ良くなる」

「でも、お辛そうな顔です」

舌っ足らずな声で言いながら、リリアナは細い指をデイモンの髪に差し入れた。

「血を見たら具合が悪くなるって、大変ですね」

よしよしと、宥めるようにリリアナが手を動かす。

不思議なことに、彼女に頭を撫でられると、デイモンの身体からゆっくりと力が抜けていく。目を閉じて、されるがままになっていると、しつこく残っていた頭痛も和らぎ始めた。

「少し、楽になりましたか？」

いつもよりふわふわしたリリアナの声は耳に心地よく、それが痛みと不快感を消してくれる。

「あと、痒いところとかありますか？」

その上、酔った彼女の物言いはおかしくて、頭痛に気を取られている暇もない。

「まるで、猫でも撫でるような手つきだな」

「デイモン様の真似です」

「私はいつもそういう風に撫でているのか？」

「はい、完全に猫扱いです。それにがっかりするときもあります」

言いながら、リリアナが手を止める。それにあわせて目を開けると、酒で赤く潤んだ瞳がデイモンの顔をすぐ側でじっと見つめていた。

「私はこうやって、恋人にするように、撫でて欲しいです」

髪に差し入れた指をゆったりと動かし、リリアナがデイモンの頭を撫でる。

「すまない。私はデートだけでなく、頭の撫で方一つ満足にできていなかったのだな」

「謝らなくていいです。これから直してくだされば、リリアナはもう怒りません」

その言葉に少しだけ心が軽くなり、デイモンはほっと息をつく。

そのまましばらく撫でられていると、突然デイモンの髪飾りがすっと外された。

彼の長い髪が解けていくのを見ながら、リリアナが子どものようにクスクスと笑う。

「君は、酔うといたずらっ子になるな」

「だって、すごく綺麗だから解いたところが見たくて」

目を細めるリリアナを見て、デイモンは少し驚く。

「光の加減によって色合いが変わるし、いつもキラキラしていてすごく綺麗」

「そんな風に褒められたのは、初めてだ」

「本当に？」

「……むしろ、気味悪がられることの方が多かったくらいだからな」

銀糸の髪は、黒髪が一般的なコウラン国では珍しく、まるで鬼や悪魔のようだと不気味がられた。

そしてスカーナに帰ってきてからは、唯一父と同じ髪色を持つために嫌みを言われることの方が多かったのだ。愛人の子のくせにと、年配の貴族たちからは今でもよく侮蔑の眼差しを向けられる。

「私は、好きですよ」

他者からの言葉は気にしていないつもりだったのに、リリアナにそう言われて髪を梳かれると、胸の奥が疼く。甘いけれどなぜだか少し苦しくて、デイモンは思わず目を閉じた。

「君に好きと言われると、胸が苦しい」

「ごめんなさい」

「謝るな。苦しいが、それ以上に心地よいのだ」

だからもっと言って欲しいと思っていると、リリアナがデイモンの髪をそっと持ち上げる気配がした。

「誰がなんと言おうと、とても素敵です。私、デイモン様の髪が大好きですよ」

ゆっくりと目を開けると、リリアナの可愛らしい唇が、デイモンの髪にそっと口づけをしているのが見えた。それだけで胸が高鳴り、馬鹿げた感情が胸に芽生える。

「私は今、自分の髪に嫉妬《しっと》した」

「へ？」

「好きだと言われ、口づけられる自分の髪がうらやましい」

いっそ切ってしまおうかと口走ると、リリアナが声を上げて笑う。

「今すぐにでも断髪したい気持ちなのだが、短いのは嫌いか？」

「短いのも好きですが、簡単に決めていいのですか？」

髪を伸ばすしきたりがあるのではと首をかしげるリリアナに、デイモンは「ない」と断言する。

「私が伸ばしていたのは、服装と同じく昔からの習慣だ。東国では、男も髪を伸ばすのが普通だったからな」

むしろ短くするのはコウランではみっともないのだと、デイモンはリリアナに教える。

「でも君の口づけを奪われるくらいなら、いっそ……」

言いながら、普段から持ち歩いている短刀を取り出そうとした直後、デイモンの唇に柔らかなものが押し当てられる。

「これで、いいですか？」

目の前でにっこり微笑むリリアナを見て、デイモンは彼女にキスをされたことに遅れて気がついた。

「好きな場所にキスしてさしあげますから、子どものようにすねないでください」

「ならば、もう一度ここに」

唇を指でなぞると、リリアナは背を伸ばし、柔らかい唇を求めた場所に押し当ててくれる。だがそこでデイモンは終わらせることができなかった。

押し当てられた唇を逃がしたくなくて、今度はデイモンの方からそっと膨らみを啄む。そのままゆっくりと吸い上げれば、リリアナもまたその先を求めるようにそっと口を開いた。

気がつけば二人はベッドに倒れ込み、唇と共に身体を重ねていた。

互いをより感じられるようにと身体を自然と傾け、ピタリと合わせる場所を探るように悶える。

デイモンの身体は大きく逞しいので、彼女を潰さないよう下になった。

普段ならば臆病なリリアナが逃げないように組み伏すところだが、酒に酔った彼女はとても積極的なのでその必要はない。

「他……には……？」

唇が離れると、熱い吐息を溢しながらリリアナが尋ねてきた。

「身体中にして欲しいと言ったら、してくれるのか？」

「もちろんです」

リリアナの言葉に、デイモンは上衣をすぐに脱ぎ捨てる。本当はリリアナの服も脱がせたかったが、宮殿の外で彼女を裸にするのは躊躇われ、ぐっと堪えた。

かわりに結い上げた彼女の髪だけをほどき、丸く美しい形の頭部に手を回した。

官能的な手つきで頭や頬を撫でながら、デイモンはもう一度リリアナと唇を重ねる。

いつもはデイモンから舌を絡ませるところだが、今日はリリアナの方がデイモンの口内へと愛らしい舌を差し入れてくる。

動きはつたないが、それでも中を探る舌先はいつもより大胆だ。それが嬉しくて、デイモンは彼女の舌をチュッと吸い上げ、その先端を甘く噛む。

「ん……ぁあ」

リリアナは逃げず、甘い声を溢しながらデイモンの口内で舌と唾液を絡ませる。ひとしきり彼女の舌使いを堪能してから、デイモンはそっと唇を離した。

二人を繋ぐ銀の糸が切れると、リリアナがうっとりと目を細めた。長いまつげが官能的に揺れ、デイモンの喉が鳴る。

「……つぎは、ここ……です」

言いながら、リリアナが次に口づけたのは彼の首筋だった。大きな喉仏を柔らかく吸い上げ、それからいつも彼がしているように、首筋を舌でそっと撫でる。

舌先を小さく突き出し、デイモンの肌を舐《ねぶ》る様は猫のようだった。だがミーちゃんに嘗められても感じなかった股間のものが、今日は激しく熱を持つ。

彼女のキスは、快楽を引き出すには可愛すぎると思っていたのに、屹立は激しく脈打ち、ズボンを膨らませている。

（これではまるで、女を知らぬ男のようだ……）

抑え込むことのできない熱情は、痛みを伴うほど激しくリリアナを求めている。

彼の上に重なっていたリリアナも、デイモンの反応を察したのだろう。

「あの……そこにも、していいですか？」

さすがにまずいと思ったが、既に彼女の手はズボンの上から彼の膨らみに触れていた。

「こうなると男性は辛いと、本で読んで……」

「そういう本を、読むのか？」

「最近こっそり読んでるんです。……デイモン様を、満足させたくて」

だからさせて欲しいとねだられて、断れる男などいるわけがない。

「なら触れるだけだ」

念を押しながら、デイモンは前をくつろげ、己をゆっくりと引き出す。それにそっとリリアナの手を重ねてやると、彼女は身体をずらしながら、小さな手のひらでデイモンをそっと包み込んでくれた。

「大きい」

「じっと見られると、落ち着かないな」

「デイモン様は、嫌だと言ってもじっと見てくるではありませんか」

だからお返しですと笑うリリアナが可愛すぎて、彼女の手の中でデイモンのものが更に太さを増した。

それに目を見張ったあと、リリアナはゆっくりとデイモンのものを手で扱き始める。

彼女の手つきはぎこちないけれど、そこに触れているのがリリアナの指だと思うだけで、デイモンの熱は高まってしまう。

容易く膨れ上がる欲望に、デイモンは情けなささえ感じる。油断していると、今にも己を吐き出してしまいそうで、ぐっと歯を食いしばって耐えねばならなかった。

(これは……まずい……)

こらえ性のない身体に、デイモンは激しく焦っていた。

デイモンはずっと、射精は一種の作業だと感じていた。性行為は仕事の道具の一つだったし、熱の高め方も、放つタイミングも、完璧にコントロールできるものだと思っていた。

(なのにリリアナが相手だと、何一つ管理することができない……)

「やっぱり、おおきい……」

そう言ってリリアナが無邪気な声で笑い、先ばしりを放つ亀頭に唇を寄せるものだから、デイモンの理性は崩壊寸前になっていた。

「待て、触れるだけだ」

そう言っているのに、リリアナは躊躇いもなく、デイモンの一物を口に入れる。

慌てて彼女を遠ざけようとしたが、彼女の唇に己が吸い込まれる様を見ただけで、身体が固まり、熱い息を溢すことしかできない。

リリアナの口の中は柔らかく、温かかった。キスと言うにはあまりに深く、奥までくわえ込まれると、理性がはち切れそうになる。

常日頃から自分を失わない訓練をしていたが、それがなければきっとデイモンはリリアナの頭を押さえつけ、その喉に己を深々と突き立てていたことだろう。

「リリアナ、もういい……そろそろ限界だ」

情けないと思いつつも、デイモンは素直に白旗を上げた。名残惜しさを感じつつ彼女の口から己を引き抜くと、今度は彼女を下にし、ドレスの裾をたくし上げる。

「キスは……終わり……ですか……？」

トロンとした顔で尋ねるリリアナに、デイモンは首を横に振る。

「次は別の場所で、受け入れて欲しい」

下着をぬきとりながら、デイモンは彼女の花弁に指をかける。すると驚くべきことに、そこはもう既にしっとりと濡れていた。

「私に触れながら、感じていたのか？」

「……ごめんなさい」

「謝ることではない。君が私と共に感じてくれていたのなら、嬉しい」

自分への奉仕と共に熱を高めてくれていたとわかると、それだけで軽く理性が飛び、デイモンはいきなりリリアナの中へ指を差し入れてしまう。

「やぁっ……ああっ……」

甘い叫び声ではっと我に返ったが、彼女の膣は柔らかくうねり、デイモンの指を易々と呑み込んでいる。

念のため、リリアナの中を二本の指でほぐしてから、ねっとりと蜜が絡みつく指を引き抜く。

「デイモン、さま……」

舌っ足らずの声が、彼が欲しいと訴える。

それに応えるため、デイモンは膝を立たせたリリアナに覆い被さり、己のものをぐっと奥まで突き入れた。

嫌がるようならやめようと思ったが、彼女の膣は易々と彼を呑み込み、それどころか歓喜するように蠢く。

（これでは、すぐに持っていかれそうだ……）

一度では満足できないかもしれない予感がしたが、もはや己を止めることは不可能だった。

愉悦に震えるリリアナの腰を摑み、デイモンは己を深く穿《うが》つ。あふれ出す蜜を掻き出しながら激しい抽挿を繰り返していると、リリアナは甘い悲鳴を上げながら髪を振り乱した。

いつもより肌が見える部分は少ないのに、身悶える彼女はひどく官能的だった。

シーツの上に茶色い髪が広がり、その中央でリリアナが甘く咽び泣く様は、デイモンの熱を高め彼の腰つきを激しくする。

「すごい……い、い……ああっ」

僅かに腰の角度を変え、リリアナが一番感じるところを抉りながら腰を穿てば、熱く煮えた彼女の中が、きゅっとデイモンを締めつける。

それが絶頂の兆しだと感じ取り、より深く、奥へと己を突き立てた。

「あぁ、ンん――！」

言葉の先は甘い悲鳴に変わり、リリアナが全身を震わせながら、快楽に果てた。そんな彼女の中でデイモンも果て、彼は勢いよく白濁を放つ。

二人の熱が溶け合い、蜜と白濁が混じり合っていく様をデイモンは己の先端で感じていた。

ひどく心地よかったが、まだ、それだけでは満足できそうもない。

「……デイモン、さま……」

そしてそれはリリアナも同じだと、その声でわかった。

デイモンは己を引き抜かず、小さく笑う。

「君の望みは、私の望みだ」

小休止を挟み、二人は更にピタリと身体を合わせると、キスを再開する。

それからお互いが満足するまで、長い時間をかけ何度も愉悦に溺れ続けたのだった――。

＊＊＊

目が覚めると、目の前に広がっていたのは見慣れない天井だった。

それを怪訝に思いつつ瞬きを繰り返していると、不意にずきりと、リリアナの頭が激しく痛む。

「……うぅ、何……これ……」

頭痛と共にこみ上げる胸の不快感に、リリアナは小さくうめいた。

それでもなんとか起き上がろうとしたところで、身体に巻き付いた逞しい腕に気がつく。

同時にリリアナの脳裏を駆け巡ったのは、酒に酔って晒した醜態《しゅうたい》の数々だ。

いつになく積極的にデイモンに甘え、はしたなく乱れ続けたことをはっきりと思い出し、リリアナは身悶える。いっそ忘れてしまいたかったが、どうやらリリアナは酒で記憶をなくすたちではないらしい。

その上、辺りを見れば、もうすっかり暗くなっている。

（……この空の感じ……朝なんじゃ……？）

初デートでまさかの朝帰りなんてと慌てていると、耳元で小さな笑い声が響く。

「酒で酔った君も可愛かったが、寝起きの君も愛らしいな」

甘い声に驚きつつ横を見ると、デイモンが穏やかな顔でリリアナを見つめていた。

「の、暢気にしている場合ですか！　もう朝ですよ」

「そうだな」

「そうだなじゃないです！　もっと早く起こしてください……！」

「君の寝顔が可愛かったから、起こしたくなかった」

「デ、デイモン様も酔ってるんですか？」

「私は酒に酔ったりはしない」

リリアナが睨んでいると、デイモンはゆっくりと身体を起こす。

彼は渋々と言った様子で乱れた着衣を整え、長い髪を手早くまとめた。

髪飾りを口にくわえ、髪を掻き上げる仕草は妙に色気があり、リリアナは思わず彼に見とれてしまう。

「ん？　これが気になるのか？」

だがデイモンは彼女の視線の先が自分であることに気づいていないらしい。口にくわえていた髪飾りを持つと、それをそっとリリアナに差し出してくる。

今更デイモンに見とれていたとも言えず、彼女は髪飾りをそっと受け取った。長い棒のような髪飾りに目を向け、そこでふとリリアナは疑問を覚える。

「これ、あまり見ない形ですが、コウランのものですか？」

「ああ。つけてみるか？」

頷くより早く、デイモンはリリアナの髪に触れる。

「動くなよ」

言うなり、デイモンは慣れた手つきでリリアナの髪をまとめ始めた。

彼の長い指に髪を梳かれるとなんだかドキドキして、リリアナは真っ赤になって視線を下げる。

「この簪《かんざし》は君の方が似合うな。髪を切ったら、かわりにつけてもらうのもいいかもしれない」

「髪を切るって、まさか嫉妬していたという言葉は本気だったんですか……？」

「昨日のことを覚えているのか？」

「は、はい……」

思い出したくないけれどはっきり覚えていると告げれば、デイモンが不安そうな顔をリリアナに向けた。

「昨日は、君を置いていってすまなかった」

「い、いえ……。私こそ、デイモン様を探すべきだったと途中で気づいたのですが……」

その頃にはすっかり酔いが回り、立ち上がることすらできなくなっていたのだ。

「それより、体調は大丈夫ですか？」

「問題ない。私のことは、気にしなくていい」

どこか突き放すような言い方に、リリアナは少し戸惑う。

「それより、何か詫《わ》びをしないとな。私は、君の望むデートができなかった」

無理やり話題を変えるように、デイモンがぽつりとつぶやく。

何かを誤魔化そうとしているのはわかったが、彼が隠したい何かに踏み込む勇気がリリアナにはなかった。

間の悪い状況に出くわし、嫌でも他人の隠している側面を見ることが多かったせいで、リリアナは普段から他人のプライベートな部分には関心を寄せないようにしていた。

勝手に詮索していると思われ、好奇心から不貞の現場や情事をのぞき見しているといらぬ誤解をされたことが多々あるからだ。

（でも、彼のことはなぜだかすごく知りたいと思ってしまう。たとえ隠していることでも、彼のことはすべて……）

そんなことを考えてしまうのは初めてで、リリアナは自分の変化に戸惑う。

しかし相手から言葉を引き出す術など知らないし、それが誤魔化したいことならなおさら聞くことなどできない。

「その簪は、どうだ？」

「え？」

「今君がさしている髪飾りだ。詫びの品として、受け取ってくれないか？」

誤魔化しの言葉ではなく、デイモンが本気で何か贈ろうとしているのだと気がついて、リリアナは驚く。

「いや、さすがにそれは古すぎるか。職人に頼んで、新しい簪を作らせようか」

「いいえ、これでも十分すぎるくらいです！　このカンザシは、前々から素敵だなと思っていたんです」

「ならそれを君にあげよう。私にはもう、無用のものだ」

「毎日つけていたものなのに、いいのですか？」

「母の形見だから持っていただけで、別に気に入っていたわけではない」

そんな大事なものを渡されていたとは気づかず、リリアナは今更身が竦む。

「だとしたら私につけさせては駄目です！　すぐ転ぶし、物を壊す天才ですよ！」

「しかし君の方が似合う。それに正直、壊れたら壊れたでいい」

言葉と共に、デイモンの顔が僅かだが悲しげに歪んだ。

それが気になって、リリアナは思わず、宥めるように彼の腕を優しく擦る。

リリアナは、じっとデイモンの顔を見つめた。先ほどは戸惑いと遠慮で何も言えなかったが、彼の母と簪の話はどうしても聞きたいと思ったのだ。

リリアナの視線の意図を察したのか、デイモンは少し躊躇いつつも、再び口を開いてくれる。

「母が亡くなる前に、いずれその簪をこの国に持って帰って欲しいと言われたのだ。本当は一緒に帰りたいが、自分は無理だからせめて簪だけでもと」

「では、デイモン様はお母様の願いを叶えたのですね」

「私にできた唯一の親孝行だ」

「でしたらなおさら、このカンザシは大切にしないと」

「願いを果たしたのだから、それはもう役目を終えたも同然だ。未だに持っているのは、私の心が弱く、母を忘れられぬが故だ」

寂しげな視線が髪飾りへと向けられているのを感じ、リリアナは小さな歯がゆさを覚える。

形見を大事にするのは悪いことではないのに、デイモンはそれをよしとしていない。それが歯がゆくて、切なくて、リリアナは寂しい気持ちになった。

「無理に忘れることはないと思います。子が母を思うのは当然のことですし」

「だが私の国では、死を引きずるのは弱き者の考えだとされていた。男子は泣かず、死んだ者のことはすぐに忘れよと」

「デイモン様の生まれ育った国ではそうかもしれませんが、ここはスカーナです。スカーナでは親の死を嘆き、悲しんでもいいのです」

国と共に古くからある信仰では、逆に死者を忘れることは悪しきことだとされている。

「故人の大事なものを取っておくと、『還りの日』に死者が子孫のもとに帰ってくるという言い伝えも、スカーナにはあるんですよ」

「それは知っている。毎年、夏の終わりに盛大にやる祭りだな」

「きっとデイモン様のお母様も、このカンザシを頼りに顔を見せているに違いありません。だからこれからも、大事にするべきです」

リリアナの言葉に、デイモンはどこか不思議そうな顔で彼女をじっと見つめた。

「『還りの日』の話を信じたいと思ったのは初めてだな。同じように母を忘れるなと兄上にも言われたが、そのときは聞き流していたのに」

言いながら、デイモンはリリアナの頭部に視線を向ける。

「ミーちゃんの生まれ変わりだから、死生観についての話に説得力があるのだろうか」

「う、生まれ変わりではありませんよ」

少なくとも先に生まれたのは自分だとリリアナが主張すると「冗談だ」とデイモンは告げる。

しかし冗談を言う顔と声ではないので、リリアナはつい疑いの目を向けてしまった。

「私が猫じゃないって、本当にわかっていますか？」

「……ああ」

「今、不自然な間がありましたよね」

「理解している。……頭では」

そこでデイモンは何やら小難しい顔を作り、目を逸らす。

「自分で言うのも何だが、私は人からよく『常に冷静で、理知的で、判断力に優れた男だ』と言われている」

これまでの奇行が頭をよぎり、正直リリアナはその言葉を素直に信じられなかった。

それが顔に出ていたのか、リリアナをチラリとうかがい見たデイモンは、嘘ではないと主張する。

「すべて事実だ。そのおかげで私はコウランでの苦しい日々を生き抜き、ここにいる」

ただ……と、デイモンはそこで言葉を濁した。

「君は、そんな私をおかしくさせる。君を前にすると冷静な判断が何一つできず、いつも何か間違えてしまう。昨日も、せっかくのデートなのに私は台無しにした」

彼が言っているのは、たぶん男に点数をつけろと言っていたことだろう。

それに他の女性たちとリリアナと、対応が違うのも、おかしくなってしまうせいなのかもしれない。

（ちょっと変だけど、私だけが特別なら、それはそれで嬉しいかも）

ただやはり、もう少し普通のデートがしたいなと思っていると、まるで考えを読んだように彼はリリアナの前に跪いた。

「私は色々と間違え、おかしいこともしでかすと思う。だが今度こそ、私は君の望むデートを考える。だから、私を嫌わないでくれるか？」

「デイモン様を嫌ったりなんてしません」

「しかし、恋をするのは絶対に無理だと断言していただろう」

「あ、あれは酔った勢いだったんです。それに、全部が全部駄目だったわけじゃないし」

この部屋でのやりとりは悪くなかったと照れながら言えば、デイモンはひとまず安心したようだ。

「なら次は、今回よりもっと素敵にする。君の望むロマンチックなデートをしよう」

念を押す声は蜜のように甘く、つい言葉が喉の奥で詰まってしまう。

「返事は？」

「は、はい……」

リリアナの言葉にあわせて浮かんだ笑みは、以前より確実に糖度が増している。

「では帰ろう」

そんな何気ない声にさえドキドキし始めた自分に気づき、リリアナは慌てて胸をぐっと押さえた。

第六章

「兄上、ロマンチックなデートとは、具体的にどのようなものを指すのだろうか」

「……うん、それ、朝の五時にする質問じゃねぇな」

あと窓から入るのはやめようなと言われ、デイモンは今更のようにはっとする。

リリアナとのデートを終えてから二日。前回の反省から、今度こそは彼女の望むデートをしようと、デイモンはそればかり考えていた。

だが、仕事で用いたデートコースをリストアップし検証してみたが、どうもピンと来るものがなく、悩みに悩んだが名案は浮かばなかった。

そして二進《にっち》も三進《さっち》もいかなくなったデイモンは、助言をもらうため、キリクのもとを訪ねたのだ。

「デート一つでやけに焦心《しょうしん》しているようだが、もしやリリアナちゃんに嫌われそうなのか？」

「いや、今はまだ……平気だと思う」

だがこのままだとまずいと、デイモンは近頃焦っていた。リリアナはこれまでどおり接してくれているが、酔ったときに怒られたことを彼は地味に引きずっていた。

「もう二度と、失敗はしたくないんだ」

「そんなに落ち込むほどのことをやらかしたのか？」

呆れるキリクに、デイモンは茶店でのことを話す。

「あー、それは駄目だな。点数つけろはないだろ」

「わかっている。だから次は失敗できないのだ」

「でも失敗できないなら、俺に聞かない方がいいんじゃないのか？」

そこでキリクは真面目な表情をつくり、デイモンをじっと見つめた。

「自分の力で挽回すべきだろう」

「だが、自分の力でどうにかできるとは思えない」

もし失敗して、リリアナに嫌われたらと思うと、頭がまったく働かなくなるのだとデイモンは肩を落とす。

「お前、リリアナちゃんの前では本当に何もできないんだな」

「だから助けて欲しいんだ」

「気持ちはわかるし手伝ってやりたい気もするが、俺だってあの子に詳しいわけじゃないしな。それに俺は、ロマンチックなデートより情熱的なデートの方が得意なタイプだからな」

ならいったい誰に聞けばいいのだろうと悩んでいると、不意に浮かんだのはファルゼンの顔だった。

そしてキリクもまた同じ顔が浮かんだようだが、彼はあまりいい顔をしない。

「あいつに頼むくらいなら、やはり自分で悩んだ方がいいと思う」

「なぜだ。ファルゼンは、スカーナ一の色男と呼ばれているだろう？」

そんな彼なら、ロマンチックなデートにも慣れていそうだと思ったのだ。

「そもそも、あいつが易々と協力するか？　デートの一件で、お前のことを相当恨んでたぞ」

「誠意を持って謝罪すればきっと大丈夫だ。あいつは優しいから、リリアナのためだと言えば協力してくれる」

「協力するふりをして、逆に邪魔されることだってあり得るんじゃないか？　あいつ、お前に復讐するとかなんとか喚いていたし……」

確かに前回のデートで、彼は子どもじみた嫌がらせをしてきた。だがあのときは逆にリリアナの可愛い一面を見ることができたし、ファルゼンの嫌がらせならきっとたいしたことはないだろう。

「それでも、私が策を練るよりずっといい」

「どんな愚策でも、俺はお前が自分で考えた方がいいと思うけどな……」

キリクは最後まで懐疑的だったが、デイモンはこれ以上の名案はないとそう信じ切っていた。

＊＊＊

『愛しいリリアナ。今日は君のために特別な催しを用意した。是非このドレスに着替え、私のために時間を作って欲しい。今度こそロマンチックな時間を約束する。絶対に。
以上　デイモンより愛を込めて』

薔薇の匂いが香る便箋《びんせん》と、そこに綴られた文面を眺めながら、リリアナは一人困惑していた。

書かれた内容から察するに、これはたぶんデートの誘いなのだろう。

リリアナの誘いに『明日決行しよう』などと言っていた前回よりもずいぶん進歩したが、それでもなぜだか、リリアナは不安を感じてしまう。

(デイモン様は、また何かおかしなことを企んでいるのかしら……)

そう思ってしまうのは、ここ数日、デイモンの様子が明らかにおかしかったせいもある。

彼がおかしいのはいつものことだが、何やら隠れて準備をしている様子をリリアナは見ていたのだ。

そんな矢先、仕事を終えて部屋に戻ると、この手紙と大きな箱が置かれていた次第である。

（それにしてもこれ、本当にデイモン様が書いたのかしら）

文字は彼のもののようだが、何となく彼らしくないと思ってしまう。

だが真相を聞きたくても本人はここにいないので、ひとまずリリアナはメモと共に置かれていた箱を開けてみることにした。

恐る恐る箱の蓋をずらし、小さく息を呑む。意外にも、箱の中身はまともだった。

（これは、ちょっと素敵かも……）

中に入っていたのは、豪華なドレスと靴だった。

手に取ってみると、どうやら東方の衣服をスカーナ式にアレンジしたものらしい。艶やかな手触りの反物には美しい花や小鳥の刺繍がなされており、その可愛らしさに思わず顔がほころぶ。

贈り物をもらったのはこれが初めてではないし、むしろ彼と出会った当初は高価なものばかり贈られ、それが嫌で『必要なもの以外はもらいません！』と宣言までしたほどだ。

でもデイモンの祖国のドレスなら、着てみてもいいかもしれないと思ってしまう。

（メモもドレスもデイモン様らしくないけど、もしかして前回の反省を生かして、色々と

考えてくれたのかしら）

彼はこのところずっと何かに悩んでいた。それがデートについてだということはリリアナも薄々感づいていた。

そしてその結果がこのメモとドレスならば、彼はきっとかなり頑張ってアイディアを出してくれたのだろう。

（私のために考えてくれたのなら、嬉しいかも）

次のデートがこのまま普通に終わるかどうかはまだ不安だが、たとえ失敗に終わっても彼が自分のためにしてくれたことならきっと嬉しい。

ひとまず、彼の提案に乗ろうと決めて、リリアナはドレスをぎゅっと抱き締めた。


約束の時間になり、リリアナを迎えに来たのは見知った侍女だった。

ただ、案内された先は宮殿の裏手で、リリアナは少し怪訝に思う。

「ここからはお一人でお進みください」

宮殿の裏手に広がるのは、普段は誰も足を踏み入れないうっそうとした竹林である。

そんな場所に連れてこられ、侍女は奥に進めと言うなり帰ってしまう。

よく見ると荒れた小道はあるが、既に日も暮れかけた中、ここを歩けと言われても戸惑う。

ドレスを着せられたからてっきり食事でもするのかと思っていたけれど、生い茂る竹の間では、それも難しいだろう。

(やっぱり普通には始まらないのね……)

怪訝に思いつつも、逃げ出したい気持ちはなかった。リリアナはたぶん、驚かされることに慣れてしまっている。

(とにかく進んでみよう。きっと、デイモン様も待っているだろうし)

彼のずれた行動も、すべてはリリアナのためだとわかっているし、彼に会えると思うと、薄暗い道を歩くことも苦ではない気がした。

道は少し悪いが、近頃の歩行訓練の効果が出ているのか転ぶようなことはなかった。

それに小道沿いにともされた灯りが、リリアナの足下を柔らかく照らしてくれている。

灯りをよく見ると、それは東方で用いられる照明器具のようだった。

(確か灯籠《とうろう》というものよね)

その名前を知っていたのは、東方文化について少しだけ勉強をしていたからである。

デイモンとの距離が近づくにつれ、彼がどんなところで育ち、どんな暮らしをしていたのかが気になったリリアナは、コウランについての本を探し、こっそり読んでいたのだ。

小道沿いに並ぶ灯籠の光は幻想的で、リリアナは最初の不安も忘れてわくわくとした気持ちで先へと歩く。

すると突然前が開け、竹林の中に小さな建物が現れた。

木で作られた東方式の建物も、やはりコウランに関する本で見たことがあった。

そしてその建物の周りには提灯《ちょうちん》と呼ばれる別の灯りが揺れており、なんだか異国に迷い込んだような、そんな気分になる。

「来たか」

聞き覚えのある声がして、リリアナははっと顔を上げる。

見れば、建物の入り口にデイモンが立っていた。

彼の姿を見ていると不思議と駆け寄りたい気持ちになったが、転んでドレスを駄目にしたら大変なので、あえてゆっくりと前へ進む。

彼女が転ぶ可能性を考慮したのか、デイモンの方から足早にこちらへと近づいてきた。

「……あっ」

しかし近づいてくるデイモンの装いを見た瞬間、リリアナはあることに驚き、躓いてしまう。

デイモンが抱き留めてくれたので転ばずにはすんだけれど、リリアナの方は逆に慌てる。

「ど、どうなさったのですか!?」

「どうとは？」

「か、髪が……髪が……！」

「ああこれか。切ったぞ」

何気ないことのようにデイモンは言うが、その変化は大きい。

長い髪をバッサリ切っただけでなく、いつもは東方の衣装でいることが多い彼が、今日はスカーナ式の正装をしているのだ。

「短いのも好きだと言っていただろう？　大事なデートで自分の髪に嫉妬したくないし、切ってしまったのだ。服も、こちらの方が親近感が湧くかと思ったのだが、おかしいか？」

おかしいどころかとても似合っているから、リリアナはついドギマギしてしまう。

「おかしくないです。ただあの、急に装いが変わったので、驚いてしまって……」

「驚いているのは私もだ。よく似合っている」

リリアナの姿を見つめ、デイモンが甘く笑う。

(その格好で、そんな顔……しないで欲しい……)

見慣れぬ姿にいつも以上にドキドキしてしまうし、このままでは会話さえろくにできなくなりそうだった。

「そうだ、あとはこれを……」

言いながら、デイモンがリリアナの頭に手をかける。

「これで完璧だ」

そこで彼は、リリアナがデイモンのためにとつけてきた猫耳を外し、別の髪飾りをつけた。

鏡がないのではっきりとはわからないが、デイモンがリリアナの頭につけたのは猫耳ではないようだった。

「猫耳、取ってしまってもいいのですか？」

「ああ。こちらの方がよく似合うはずだ」

デイモンの言葉に、リリアナは胸の奥が甘く疼くのを感じる。

猫耳を取ったのに、リリアナを見つめるデイモンの表情は優しい。その瞳はリリアナを通してミーちゃんを見ているわけではなく、リリアナ自身を見つめ、愛でてくれているように思えた。

「もしかして、くださったのはカンザシ……ですか？」

「母のものと新しいものをな。私はもうつけられないから、よかったらもらってくれ」

「でも形見の品なのに、本当によろしいのですか……」

「だからもらって欲しいのだが、迷惑か？」

デイモンの言葉に、リリアナは大きく首を横に振る。

「では今後はそれをつけてくれ」

微笑むと、デイモンはリリアナの腕を取り建物の中へと促す。

招き入れられた建物は、外観だけでなく内装も東方式で、繊細な細工が施された木造の柱や梁が目を引いた。細工は木や花、そして東方では神聖なものとされる龍が描かれたものが多く、そのどれもが金箔や染料によって鮮やかな色彩を帯びている。

「ここ、とても綺麗な場所ですね」

「元々は、東方からの客人を泊めるために作られた庵らしい。その後使われなくなっていたものを、父からいただいた」

「では、デイモン様のお母様もここに滞在なさったのですか？」

リリアナの言葉に、デイモンは頷く。

「母はコウラン国の宰相の娘だったから、国交のため祖父とここに滞在したらしい」

そんなとき、母は前王と出会ったのだとデイモンは静かに告げる。

そしてその後、彼の母は故郷に帰りデイモンを産んだのだろう。

（デイモン様のお母様は、いったいどんな気持ちで故郷に帰ったんだろう）

愛する人は国王で、彼は既にミラルダと結婚していたはずだ。

手の届かない男性と恋をして、子どもを授かって、一人身を引くと決めたとき、彼女はいったいどんな思いだったのかとリリアナは考えてみる。

スカーナで幸せに生きてきたリリアナには想像もつかないけれど、辛さや寂しさがあったことは間違いないだろう。

「母を思い出したくなると、私はよくここに来る。昔住んでいた場所にも似ているし、心が安らぐから」

デイモンは淡々と説明していたが、その声は、どこか切なさを帯びていた。

スカーナ人の血が入っていても、この国は彼の故郷ではないのだと、そんなことを感じさせる声だった。

どこか浮世離れしているように見えるのも、この場所が彼にとって今も遠い異国の地だからではないかと、リリアナはふと思う。

(だとしたら、ここはきっと特別な場所なのね)

そんな場所に立ち入ることを許されたのだと知ると、嬉しかった。

「君も、気に入ってくれたか?」

「ええ、とても素敵だと思います」

「良かった。ここならば、二人きりで過ごすのにちょうど良いと思っていたんだ」

嬉しそうに笑い、デイモンは庵を仰ぎ見る。

「本当はここから城下を一望できるのだが、手入れを怠っていたので竹の葉が隠してしまったな……。次来るときは、もう少し手入れをしておこう」

「また、来てもいいのですか?」

「当たり前だろう。ここは人目もないし、何でもできる」

そう言って鼻先を指で撫でられ、リリアナは顔を赤くした。

「誤解するな。今からするのは食事だぞ」

「で、ですよね……」

「君のために色々と用意したんだ、期待してくれ」

おいでと柔らかい声が耳をくすぐると、それだけでリリアナは落ち着かない気分になる。

デイモンに連れられ食堂に入ると、そこに用意されていた料理はリリアナにはなじみのないものばかりだった。

中でも、ふわふわと丸い蒸しパンのようなものに、リリアナは目を引かれる。竹で編まれた容器の中にちょこんとおさまるパンは可愛らしく、どんな味がするのだろうと興味がわいた。

「これらはすべて、コウランの料理ですよね？」

「ああ。味付けは少し変えているが」

スカーナ国の料理と違いコウランのものはとても辛いので、リリアナのために味を抑えてもらったと言う。それからデイモンは料理の説明をしながら、リリアナにコウラン国の料理を食べさせてくれた。

本当は自分の手で食べたかったけれど、デイモンが頑として譲らなかった。

「ほら、口を開けろ」

そう言って、口元まで料理を運ばれるのは恥ずかしいが、デイモンは食べるまで絶対に引かない。

それに、料理だけでなく食器もコウランのもので統一されていたため、使い方がわからないリリアナは、料理を自分の口に運ぶことすらままならなかったのだ。

（このオハシっていうの、使うのがすごく難しい……）

それを易々と操るデイモンを見ていると、彼がドレスやコルセットを脱がすのが上手い理由がわかった気がする。

「今少し赤くなったが、何を考えている」

「な、何でもないです」

頭に浮かんだ考えをふり払い、リリアナは食事を続けながらそれとなく話題を変える。

「スカーナとコウランでは何もかもが違いますね。服も、髪型も、建物も、食事も、何一つ同じものはないように思えます」

「国の成り立ちも文化もまるで違うからな。逆に私はスカーナの文化にはじめは戸惑った」

「言葉を覚えるのは大変だったでしょう」

「仕事柄、大陸の言語は一通り覚えていたからそこは問題なかった。発音は少し怪しかったと思うが」

デイモンの言葉に、リリアナは本当ですかと声を上げる。なにせこの大陸には大小様々な国が二十以上あり、言語もそれ以上あるとされているのだ。

「たくさんの言語を扱えるということは、もしやコウランでは通訳をされていたのですか？」

「いや、そうではないが……」

何気ない質問に、返ってきた声はひどく困惑していた。

デイモンは押し黙り、側にあった酒をあおる。

その反応にほんの少し気まずさを感じていると、彼は僅かに目を伏せる。

「よかったら、君も飲め」

言うなり、杯に酒をつぎ、デイモンはそれをリリアナに差し出す。

（こうやって、はぐらかされるのは二度目ね……）

わかりやすい誤魔化しの言葉に、リリアナはほんの少し傷ついていた。

デイモンについて色々と聞きたいのに、それを許さない雰囲気が彼にはある。そしてリリアナも、デイモンを不快にしない範囲で、質問を重ねる技量はない。

だからそれ以上は何も言わず、リリアナは杯を受け取った。

気まずさを払拭したくて一口飲むと、思った以上に酒は飲みやすかった。

「これ、とても口当たりがまろやかですね」

「強い酒を飲ませると大変なことになるのは、この前身をもって知ったからな」

「あ、あのときのことは忘れて欲しいと言ったのに……」

恥ずかしがっていると、デイモンが笑みを深める。いつになくにこやかな顔を見ていると気まずさは無くなり、むしろ楽しい気分になってくる。

（なんだか今日のデイモン様はいつもより笑顔が多い気がする）

でも笑顔を見れば見るほど、先ほど見せた気まずそうな顔が気になった。

（そういえば私、デイモン様のこと……何も知らないわ）

人から聞いた話で彼の生い立ちや複雑な出自については知っているが、どれもデイモン本人の口から聞いたわけではない。

幸せな過去ではなさそうだし、先ほどの態度を見れば彼は口にしたくないのだろう。ならば聞かない方がいいとわかっているのに、自分が知らない彼がいるのがなんだか落ち着かない。

「君の好きそうな焼き菓子も用意したのだが、それも食べるか？」

お菓子よりも、彼についての話がしたい。

そう思うのに尋ねる勇気はやっぱり出なくて、かわりにリリアナは頷いた。

そのあと穏やかに食事は続き、会話も戻ったが、結局彼は自分のことを何一つ話さなかった。


「……さすがに、冷えてきたな」

部屋を暖めるための火鉢を取りに行くと言って、デイモンが部屋を出る。

ほろ酔いのせいでリリアナはさほど寒くなかったが、窓から外を見ると細かい雪がちらついている。

(今年はずいぶん雪が早いわ……)

スカーナは雪の多い地方ではないが、それでも冬場はそれなりの積雪がある。そして冬は、リリアナにとって苦手な季節だ。

(毎年、雪に足を取られて怪我するのよね……)

でも今年は少しマシかもしれないと思い、リリアナは自分の足を見つめる。

歩き方の矯正はまだまだ始めたばかりだが、それでも格段に進歩している。

靴を変えたのも良かったのか、転ぶことも大分少なくなってきた。

(それもこれも、デイモン様とミラルダ様のおかげね)

改めて感謝していると、デイモンがふらりと戻ってくる。

「食事はもう済んだか?」

「はい」

「ならば今度は君を食したい」

不意打ちのように言われ、リリアナは間抜けな顔で固まってしまう。

食事だけで終わるとは思っていなかったが、いつも以上にのんびりとした時間を過ごしていたから、気持ちの切り替えが追いつかない。

「場所を変えよう」

だがデイモンはリリアナの戸惑いなどお構いなしに、彼女を軽々と抱き上げてしまう。

運ばれていると緊張で身体がガチガチになるが、デイモンが寝室の扉を開けた瞬間、ふっと力が抜けた。

「……綺麗」

リリアナの目の前に広がっていたのは、寝室を飾るたくさんの蝋燭《ろうそく》だ。

温かな光は幻想的で、緊張も忘れて見入ってしまう。

「これも、デイモン様が用意してくださったのですか?」

尋ねると、そこでデイモンは僅かに表情を曇らせる。

「デイモン様？」

「あ……ああ、そうだ。君が、喜ぶと思って」

「嬉しいです。私のために、こんなに色々とよくしてくれて」

「前回、私はひどく失敗してしまったからな」

「そんな、気になさることないのに」

あのときは周りに嫉妬したり、酒に呑まれたりしたけれど、その結果デイモンの母親の話が聞けたし、嬉しいこともたくさんあった。

だからあのデートも良かったと思っているが、リリアナを抱き寄せるデイモンの表情からは深い後悔の色が滲んでいる。

「今度こそ、最後までロマンチックにする。だから朝まで、二人きりで過ごそう」

腕を取られ、デイモンとの距離がぐっと詰まる。

「今夜はもう、間違えない」

微笑みながら、デイモンはリリアナをベッドに横たえた。

柔らかい毛布の上に寝かされるとひどく緊張したが、一方でリリアナの身体は既に何かを期待するように疼いていた。

「私も、朝まで一緒にいたいです」

「なら朝まで、優しく可愛がってやる」

リリアナに覆い被さるようにして、デイモンが甘く唇を奪う。

言葉通り、施された口づけはいつも以上に優しかった。

顎に手を添え、くすぐるように頬を撫でながら唇を重ねるうちに、リリアナの身体からは次第に力が抜けていく。

舌を入れることもなく、ただ唇を啄み合うだけの口づけだったのに、デイモンが唇を離したときには、もう既にリリアナの意識は蕩け始めていた。

「少し酔っているせいか、もう顔がとろんとしているな」

微笑みを向けられるだけで、リリアナの胸が疼く。

(確かに、飲みすぎたのかもしれない……)

優しくキスされ微笑まれただけなのに、甘美な痺れは胸だけでなく全身に広がり始めている。

(どうしよう……デイモン様に……ぎゅっとして欲しい……)

はしたない願いだとわかっていても、彼の逞しい腕に抱かれ、もっと深い口づけに溺れたいという気持ちが抑えきれない。

そんな気持ちを抱いている自分が恥ずかしくて、リリアナは顔を隠すように頬に手を当てるが、聡いデイモンが彼女の変化を見逃すわけがない。

「君は、酔うといつも以上に顔に出るな」

「え？」

「安心しろ、君の望むことはすべてしてやる」

言うなり、デイモンはリリアナをぎゅっと抱き締める。

そのまま深々と唇を奪われ、リリアナは驚きと喜びに目を見開いた。

今日の彼は、リリアナが欲しいものを本当に知っているようだった。

リリアナの好む、息を奪うほど荒々しい口づけをしながら、デイモンは快楽に染まり始めた身体に手を這わせる。

コウランの服はコルセットを用いないので、布の上からでも彼の指先がどこを辿っているかがよくわかる。

華奢な背中をゆっくりと撫でた彼の指先は、細い腰回りを辿り、臀部へと至った。張りのある双臀を強く揉みしだかれると、身体の火照りが高まっていく。

「……あっ」

愉悦の訪れを感じて目を閉じると、デイモンの口づけが更に深くなる。

つたない舌使いで応えていると、唾液が混ざり合い、舌が絡み合う淫猥な音が響き始めた。

お互いに顔の角度を変え、貪るように唇と舌を重ねていると、リリアナの身体は芯を失い蕩けていく。

(でも……もっと……)

もっと強く、もっと激しくされたいという思いが募り、リリアナは無意識のうちにデイモンの背中に腕を回していた。

彼を感じたい気持ちで大きな背に指を這わせるが、長いキスのせいで力が入らず、なかなか彼を捕らえられない。

それでもなんとかシャツをぎゅっと握りしめると、デイモンは口づけをやめ、小さく笑った。

「そんなに縋り付くな。まるで爪を立てる猫のようだぞ」

「猫じゃ……」

ないという言葉は、再開した口づけによって奪われる。

不満を込めて更にぎゅっとシャツを握ると、デイモンがたしなめるようにリリアナの唇を嘗め上げた。

自分より彼の方が猫のようだと思いつつ、彼を見たリリアナはぞくりとする。

リリアナを見つめる相貌は、猫と呼ぶには荒々しい色香を纏っている。乱れた髪の間から覗く瞳には情炎がともり、リリアナを犯していた唇はいやらしく濡れ、跳ねる吐息はひどく熱い。

「可愛がってやりたいが、思いのほか私も余裕がなさそうだ……」

飢えた獣のような表情でリリアナの首筋に食らいつき、僅かな痛みを感じるほど強く吸い上げられる。

「ふぁ……ン」

唇と舌で舐められると、鼻にかかった甘ったるい声がこぼれてしまう。恥ずかしさに口元を押さえようとしたが、それより早く腕を捕らえられる。

「あっ……首……いや……」

「嘘をつくな、ここが好きだろう」

好きだからこそ嫌なのだと言いたかったが、重なる口づけにリリアナは言葉を失ってしまった。

心地よさに身悶えているとドレスが乱れ、胸元がだらしなく開いてしまう。コウラン式のドレスは締めつけが弱く、紐やリボンも少ない。そのせいであっという間に着崩れを起こし、気がつけば胸元や足が淫らに露出していた。

「この服は、脱がせやすくていいな」

服の間からこぼれてしまった乳房を揉み上げながら、デイモンが満足げな顔をする。

(どんな服でも……すぐ脱がせてしまうくせに……)

そんなことを思いながら、デイモンの手によって形を変えられる胸を、リリアナはぼんやりと見つめる。

「心地よいか……?」

「は、い……あっ……」

人より大きな自分の胸がずっと嫌いだったけれど、デイモンに触られるようになってから、昔ほどの嫌悪感は無くなった。むしろ彼を悦ばせることができるなら、今のままでもいいと思えるようになった。

「でも……あまり、強く……しないで……」

デイモンに胸をもてあそばれるのは嫌いではないが、だからこそ、感じすぎてしまうのが辛かった。

乳首を指先でこすられると甘い愉悦が溢れて止まらなくなるのに、デイモンはやけにじっくりと時間をかけ、乳房と頂を愛撫する。焦らすような手つきに焦燥感が募り、下腹部がしっとりと濡れていくのをリリアナは感じた。

（どうして……いつも……こうなのかしら……）

自分で触ってもなんともないのに、デイモンの前ではあっという間にはしたない欲望が暴かれてしまう。痴態を晒し、彼が欲しいと全身で訴えてしまうのだ。

デイモンのもたらす快楽を求め、発情した猫のように身体をすり寄せる浅ましい自分を、リリアナは未だに受け入れられない。けれど自制することもできないのだ。

「他の場所も触って欲しいか？」

「それは……」

「素直になれ、どうして欲しい？」

誘う声にのせられては駄目だと思うのに、リリアナの手は乱れたドレスの裾をぎゅっと握ってしまう。

それを少しだけたくし上げ、おずおずとデイモンを見つめた。

言葉にはできなかった。だが潤んだ目で訴えるリリアナの姿に、デイモンは彼女の望みを察したらしい。

「ッ……あっ……」

デイモンの大きな手がドレスの裾をたくし上げ、下着の上からリリアナの敏感な場所を擦った。

下着が汚れているのを知られて恥ずかしいのに、円を描くように入り口を撫でられると、歓喜に身体が打ち震えてしまう。

少しずつ強さを増していく指使いは巧みで、擦られているだけで達しそうになった。きつく歯を食いしばって耐えるが、悦びの淵へと追い立てられた身体と心は、今にも堕ちてしまいそうだ。

(いえ……もうきっと……堕ちているわ)

「直に触って欲しいか？」

デイモンの声に、リリアナはこくんと頷いてしまう。

「なら可愛い声でねだってくれ」

「……それは」

「君が望んでいると、その声で知りたい」

蜜のような声で理性を溶かされ、リリアナは震える唇から声を絞り出す。

「デイモン様に、触って……いただきたいです」

恥ずかしがり屋のリリアナにはそれが精一杯だったが、デイモンは満足げに微笑み、身体に巻き付いていたドレスと、残っていた下着を取り払う。

「あ、あの……」

「せかすな」

「そうじゃ……なくて」

デイモンの前で裸にされたリリアナの中には、もう一つはしたない願いが芽生えていた。

「いつも私だけ裸なのが……寂しくて……」

デイモンの身体を見たことはあったが、行為の最中にお互いが裸になったことはなかった。

目のやり場に困り、余計に気持ちが混乱してしまう気もしたが、一度思う存分、その肌に触れてみたいと思っていたのだ。

「言われてみると、君に夢中になるあまり、服を脱ぐのを忘れていたな」

少し待てと言い、デイモンが素早く着衣を取り払う。

それを眺めながら、リリアナは自分の言葉を少しだけ後悔していた。

彼の身体は、結婚当初に見たときよりずっと魅力的に見えた。蝋燭の炎によって柔らかな陰影を刻まれた肉体には、逞しさと優美さが併存している。

しかしよく見ると、鍛え上げられた肉体の端々には、痛々しい傷あとが残っていた。

今まではすぐ目を逸らしてしまったし、どれも消えかかっていたので気づかずにいたけれど、傷は身体中に点在しているようだった。

デイモンの故郷が内戦の絶えない国であったことを思い出し、そこでの生活が、決して生易しいものではなかったことを痛感する。

側へ戻ってきたデイモンの傷を眺めていると、彼はリリアナの視線に気づき、少し表情を曇らせた。

そして僅かに身を引こうとしたが、リリアナはそっと腕を伸ばし、傷の残るデイモンの腹部をそっと撫でた。

こんなときにかける言葉がリリアナには思いつかない。それに今何かを尋ねたら、彼が話したくないことまで尋ねたくなってしまう気がした。

(でも彼は、きっと私の問いかけには答えてくれない。それどころか、ここからいなくなってしまう気がする……)

それが怖くて、リリアナは言葉を重ねるかわりに、デイモンの肌をそっと撫でた。すると彼の身体から力が抜けて、しなやかな動きでリリアナを抱き寄せる。

ベッドの上に腰を下ろした彼は、リリアナの小さな身体を抱き上げ、膝の上にのせた。

リリアナはそのまま腰と肌をピタリと合わせ、デイモンの身体にしなだれかかる。

そうしているうちに、二人の間に躊躇いは消えて、ただお互いを感じることだけに意識が向いていく。

再び高まる熱を確認し合うように、二人はきつく抱き合い、こすれ合う肌から生まれ出る愉悦にゆっくりと溺れ始めた。

甘い愛撫と口づけを交互に交わしていると、吐息に熱が混ざり、重なった肌の上にじわりと汗が浮く。

「そろそろ、君の望みを叶えよう」

デイモンの言葉に、リリアナは自然と腰を浮かせていた。すると既に濡れ始めていた花弁に、そっと指があてがわれる。

「あっ……」

「外と中、どちらに触れて欲しい？」

二本の指が、柔らかくほぐれたリリアナの入り口を誘うように撫でる。

「な、中が……」

甘い期待は恥じらいに勝り、リリアナは足を少し広げながらはしたなくねだった。

襞を何度か擦りあげたあと、デイモンの指先がぬぷりと中に入り込む。

「あっ……い、い……」

ゆっくりと、隘路を探るように指を動かされると、腰の奥が痺れて堪らなくなる。

身体から力が抜け、膝を上げていることさえ辛くなるが、今倒れれば指を引き抜かれてしまうだろう。

「あ、もっと……」

彼を失うのが怖くて、リリアナは必死に身体を支え、甘く懇願する。

「激しいのが欲しいか？」

言葉とは裏腹に、デイモンの指使いは優しい。むしろリリアナが満足できないのを察し、焦らしているようでもあった。

「いじわる、しないでください」

「君は、すねる声も可愛いな」

「すねている……わけじゃ……」

リリアナは否定したが、デイモンはやはり可愛いと甘く囁きながら、耳元にそっと口づけを落とす。

「あっ、耳…は……」

「ここも一緒に可愛がってやるから許せ」

リリアナの小さな耳を優しく食みながら、デイモンは彼女の中を抉る指を二本から三本へと増やした。

中を押し広げる動きも激しさを増し、グチュグチュと音を立てながらリリアナが望んだとおりに愉悦を引き出してくれる。

（でも、もっと……）

デイモンの指によって理性は既に消えかけている。そして絶頂の兆しも感じていたが、求めているのは心地よさだけではない。

「欲しいのは、これではなさそうだな」

熱を帯びた囁きにさえ身体が反応するのを感じながら、リリアナは小さく頷く。

待ちきれずに僅かに腰を下げ、デイモンの腹部で存在感を増している熱杭に臀部をこすりつけた。

「お願い……します……」

早く繋げてと、リリアナの唇から淫らな願いがこぼれ出す。

「君に望まれると、抗えないな」

焦らすように指を引き抜かれ、より挿入が容易くなるようにリリアナの入り口を指で大きく開かれる。

デイモンを求めてヒクヒクと動く蜜口にそっと亀頭をあてがわれ、僅かに腰を持ち上げられた。

「ああっ……ン、ん！」

ゆっくりとした突き上げに合わせ、リリアナも喘ぎながら腰を落とす。挿入の瞬間は引きつるような違和感があるが、受け入れることに抵抗はない。

「いつもより、ふかい……」

「ああ……。この体勢は、初めてだな」

デイモンも心地よさを感じているのか、言葉に吐息を挟みながらリリアナの中に己を埋めていく。

彼を難なく受け入れたリリアナは、いつも以上に深い繋がりを感じながら、ピタリと合わさった腰に目を向けた。

（私の中に……彼を感じる……）

デイモンの存在をより実感できて、リリアナは喜びに小さく喘ぎながら、逞しい身体にぎゅっと抱きつく。

そんな彼女の首筋に、デイモンが細やかな口づけを落とした。

触れ合うだけのキスは優しかったが、それにあわせて腰を突き上げられると、リリアナは痺れるような快感に身悶えた。

「ああっ……すごい……」

突き上げは次第に力強さを増し、雷に打たれたような激しい刺激に翻弄される。思わずデイモンの背に爪を立て、振り落とされないようにと歯を食いしばるが、再開された口づけによって快楽は何倍にも引き上げられ、身体からは力が抜けてしまう。

「ン……んっ…ああん」

傾いたリリアナの身体を抱き支えながら、デイモンが腰つきを少しだけ緩やかにした。

だがもちろん終わりではなく、彼はリリアナをきつく抱き締めると、すぐさま抽挿を再開する。

「んっ、もう……わた、し……」

「いきそうか？」

「はい……ああっ……もう……」

緩急をつけながら中を穿たれ、リリアナは法悦の予感に咽び泣く。デイモンのものも、リリアナの悦びにあわせて脈打っているのを感じた。

相手が上り詰めていくのをお互いに感じながら、二人は濡れた視線と舌を絡ませ、腰を合わせる。

「あぁッ――――!」

先に果てたのはリリアナだったが、デイモンもそれにすぐさま続いた。

真っ白に爆ぜた意識の中、デイモンが放つ熱によって絶頂が引き延ばされるのを感じながら、リリアナはまつげを震わせながら目を閉じる。

心地よさに身を委ねると、身体の芯が蕩け、デイモンと自分の境界線が曖昧になる。身も心も溶け合い、一つになったまま愉悦に溺れる時間はあまりに甘美で、この一瞬が永遠に続けばいいのにと思わずにはいられない。

「リリアナ」

名前を呼ばれ、リリアナはゆっくりと瞼を開ける。

どうやらあまりの心地よさに、デイモンの広い肩に頬を寄せ、一瞬意識を飛ばしていたらしい。

そんなリリアナの背中を、大きな手のひらが撫でる。その手つきは優しかったが、繋がったままの場所はまだ熱を持ち、依然としてその存在を強く主張していた。

(まだ、終わりではないのね……)

それどころかこれは始まりなのだと感じながら、リリアナは顔を上げデイモンと向き合った。

視線と共に、二人はゆっくりと顔を傾け、唇を重ねる。

また、彼と溶け合い一つになりたい。

そんな気持ちを抱きながら、リリアナはデイモンがもたらす甘美なひとときに、いつまでも酔いしれていた。

＊＊＊

快楽の果てへたどり着き、リリアナへの愛おしさを深めながら眠りについた翌朝。

デイモンは、まるで生まれ変わったような、爽やかな気持ちで目を覚ました。

腕の中で丸まっているリリアナを眺めながら、柔らかな頬にそっと指を這わせる。

リリアナは心地よさそうに頬を緩ませ、小さな寝息を立てていた。

あまりの可愛さに口づけたくなったが、唇を重ねれば抱かずにはいられないと思い、名残惜しさを感じつつも、服を身につけベッドを出た。

（昨晩はずいぶん長いこと無理をさせたし、今日は別のもので喜ばせてやろう）

彼は、母が愛用していた鏡台の引き出しを開ける。

その中に入っているのは、目覚めたリリアナを驚かせようと用意していた物だ。

今回の計画のほとんどはファルゼンが立ててくれたが、その中で彼が『これだけは絶対に渡せ』と言っていたのがこの贈り物だ。

最初は協力を渋っていたファルゼンだが、デイモンが思う以上の素敵なデートを考えてくれた。

小さな箱の中に入っているのは、キリクが削った宝石のついた指輪だ。それをリリアナが寝ている間にこっそり贈る計画を二人で立てたのだ。

(彼女の瞳と同じ琥珀色の宝石にしたが、気に入ってくれるだろうか)

喜ぶにせよ驚くにせよ、きっと可愛らしい顔を見せてくれるに違いないと思いながらも、デイモンは昨晩自分がついた嘘を思い出す。

美しく飾った蝋燭を見て、デイモンが用意したのかと尋ねられたとき、本当のことが言えなかった。

リリアナを誘う手紙から始まり、食事やドレスの調達や雰囲気作りまで、すべてはファルゼンの提案だったのだ。

場所をこの庵にしたいという部分だけはデイモンの発案だったが、それ以外はすべてファルゼンが用意したと言っても過言ではない。

それを言うつもりだったのに、彼の口からは真実を伝える言葉が出てこなかった。

（嘘をつくことで、こんなにも胸が苦しくなるのは初めてだな）

仕事柄、人を欺くのは日常茶飯事で、いちいち心を乱すことなんて今までなかったのに、自分はいったいどうしたのだろうかと困惑する。

指輪を見つめたまま、本当にこのままでいいのだろうかという考えが頭をよぎったとき、デイモンはふと顔を上げた。

「——ん？」

建物の外に人の気配を感じた気がした。

普段は人の立ち入らぬ場所だけに、自分以外の者が訪れるのは不自然だ。

デイモンは指輪を元に戻すと、昔からの習慣で部屋に隠していた刀を手に取り、気配を殺し、僅かに開けた窓から外をうかがう。

だが不審な人影はなく、竹林の方から歩いてくるのはファルゼンだった。

（もしや、私が失敗しないかと様子を見に来てくれたのだろうか……）

だとしたら、本当のことを打ち明けるべきか彼に相談してみようとデイモンは思い立ち、すぐさま外へ出た。

「こんなに朝早くに、わざわざ来てくれたのか？」

雪が積もる庭まで出て、そこで今更のように違和感を覚える。

こちらへとやってくるファルゼンの足取りはふらついていて、苦しそうな顔で額を押さえていたのだ。

「……あに……う、え……」

苦悶に満ちた声に驚き、デイモンは慌てて弟のもとに駆け寄ろうとした。

しかし、その足は途中で止まってしまう。見れば、こちらに近づいてくるファルゼンは血だらけだったのだ。

額を押さえた手からは大量の血がこぼれ、彼の衣服は真っ赤に染まっている。

その姿に慌てて視線を逸らそうとしたが、それより早くファルゼンに縋り付かれ、真っ赤な色が視界から消えない。

「……ははっ、やはりあの娘の言葉は本当だったらしい」

そのとき、ファルゼンの表情から苦痛の色がすっと消えた。

「今にも腰を抜かしそうな顔だが、本当に血が苦手なんだな！　どうだ驚いたか！」

彼の顔には楽しげな笑みが浮かんでいたが、デイモンは彼の表情も言葉も、何一つ認識していなかった。

「……はな、れろ……」

デイモンはファルゼンを引き剝がそうとするが、それよりも早く激しい頭痛が彼を襲う。

そのまま膝から地面に崩れ落ち、積もった雪に爪を立てながら苦痛にうめく。

「もう……、それは…見たく…ない……」

痛みと共に目の前の景色が黒く塗りつぶされ、かわりにもう二度と目にしたくないと思っていた光景が、広がっていく。

それは、かつてデイモンが遭遇した、いくつもの死の記憶だ。

痛みと血にまみれ、屍を踏み越え、死から逃れようとあがいてきたコウランでの記憶は、今も彼を苛む罪だった。

普段は思い出さないようにと封じ込めていた記憶が堰を切ってあふれ出し、デイモンの視界も意識も、赤黒い恐怖で染め上げられる。

「……おい、大丈夫か？」

ファルゼンの声が聞こえた気がしたが、それが現実なのか過去のことなのかもデイモンにはわからない。

どこか焦るような声がして、肩を強く掴まれた瞬間、デイモンは手にしていた刀でなぎ払った。

「――――ッ！」

獣の咆哮を思わせる自分の絶叫と、怯える誰かの叫び声が聞こえた瞬間、デイモンの意識はブツリと途切れた。

＊＊＊

リリアナは、温かな布団の中で夢を見ていた。

デイモンの腕の中で目を覚まし、幸せの余韻に浸る夢だ。

『目が、覚めたか？』

まどろむリリアナの頭を、デイモンの手がゆっくりと撫でていた。

猫ではなく、恋人にするような優しい手つきに微笑むと、彼は甘い表情でゆっくりと口を開く。

『その顔が、見たかったんだ』

デイモンの言葉に、リリアナはついに彼が望む表情を浮かべられたのだと気づいた。

けれど喜びの言葉も、伝えたかった言葉も口にはできなかった。

かわりに優しい時間を打ち砕く悲鳴が、リリアナを夢から現実へと引き戻す。


（……今のは、何？）

驚いて跳ね起きると、外からかすかに誰かの声が聞こえてきた。

昨晩の行為で身体が少しだるかったが、外が気になったリリアナは身支度をして、庵の入り口へと向かう。

転ばないよう気をつけながら外へと続く扉を押し開けた途端、彼女は大きく息を呑んだ。

「……デイモン様!?」

庵の外では、デイモンが血の付いた刀を手に立っていたのだ。彼は頭を押さえ、うわごとをつぶやいている。その足下でぐったりと倒れているのはファルゼンに見えて、リリアナは慌てて外に飛び出した。

「……くる、な……」

弱々しい声で、リリアナに離れるよう告げたのはファルゼンだった。彼は頭と腕から血を流し、青白い顔で地面に伏していた。

彼の下の雪は真っ赤に染まり、側に佇むデイモンはふらついている。

二人の身に何があったのかはわからないが、怪我をしているなら手当てをしなければと思い、リリアナは制止を無視して駆け寄った。

「ッ……!!」

だが二人まであと少しというところで、突然デイモンがリリアナの方へ腕を振り上げた。

その直後、腹部に激しい痛みが走り、リリアナは転がるように地面に倒れ込んでしまう。

受け身も取れないまま強く頭を打ち、目の前が一瞬真っ暗になる。

(何が……起きたの……)

朦朧とする意識の中、リリアナは薄く目を開ける。

最初に痛みが走った腹部に出血はない。しかし転んだときに顔のどこかを切ったのか、頬に触れた手にはべったりと血が付いていた。

(血が……出てる……。どうしよう、止めないと、デイモン様が……)

痛みと衝撃で混乱したリリアナは、デイモンのために傷を隠さなければとそればかり考えていた。けれど、額をきつく押さえても、指の間から流れる血は止まらない。

「……お前も、俺を……殺しに来たのか」

そのとき、倒れるリリアナにデイモンが音もなく近づいてきた。

眼差しには生気がなく、声も虚ろで覇気がない。

顔はリリアナに向けられているのに、暗く淀んだ目には何も映っていなかった。

不気味な様相に、リリアナの身体はぞくりと震え、小さな悲鳴が上がった。

「お前も、俺が恐ろしいか……？」

静かな問いかけと共に、デイモンがリリアナの側に膝をつく。その手には刀が握られたままだ。

先ほどは刃が逸れていたのか切られずにすんだが、もし少しでも角度がずれていたら、きっと自分は死んでいただろう。

それがわかった途端、恐怖が身体を支配し、喉の奥から甲高い悲鳴がこぼれる。

「……ッ！」

リリアナの声に反応するように、デイモンは握りしめていた刀を放し、苦しそうに頭を押さえた。

しばらくして我に返ったのか、彼の虚ろな目に僅かな光が戻る。

「……リリ、アナ……」

頭を押さえながら、デイモンが途方に暮れたような顔でリリアナを見つめる。

その表情で彼が正気に戻ったのだとわかったが、縋るように腕を伸ばされた瞬間、リリアナはそれを無意識に払いのけていた。

拒絶するつもりなどなかったのに、気がつけば身体は勝手に動いていた。

(私、なんで……)

自分のしたことに驚き、混乱を伝えようとするが上手く言葉が出てこない。

そして何か言わねばと思えば思うほど、喉が詰まり息が苦しくなる。

同時に強く打った頭も痛み出し、リリアナの視界は徐々に閉ざされていく。

最後に見たデイモンの顔は、混乱と悲しみに歪んでいた。

彼の右目から涙が一筋こぼれるのが見えたが、リリアナはその涙を止めることも、拭うこともできなかった。

第七章

高熱と痛みに苦しみながら、リリアナは現実と夢の間を漂っていた。

息苦しさにぱっと目が覚めたと思えば、身も竦むような悪夢にたたき落とされる。

永遠にも思える繰り返しの果てにようやく意識が戻ったとき、リリアナが最初に抱いたのは大きな喪失感だった。

その中で瞬きを繰り返していると、見知らぬ男がリリアナの視界に現れる。

どうやら男は医者らしく、リリアナの様子をしばし見分してから、「もう心配ありません」と穏やかに笑った。

「大丈夫？　あなた、丸一日眠っていたのよ？」

優しい言葉と細い指が、彼女の頬をそっと撫でる。心地よさに目を細めると、リリアナが横たわるベッドの端に、ミラルダが座っていた。

その傍らにはマリナもおり、自分がデイモンの宮殿にある自室に寝かされているのだと気がつく。

まだ意識はぼんやりしているが、自分の身に何か起きたのだということは理解できる。

「あなた怪我をしたのよ？　覚えていない？」

マリナの質問に、リリアナはゆっくりと記憶をたぐり寄せる。

だが自分の身に起きたことを思い出すより早く、大きな音が彼女の注意力をそいだ。

「目が、覚めたのか!?」

入り口の方に顔を向けると部屋の扉が開いていた。

そこから飛び込んできたのはデイモンだった。

その姿を見た途端、リリアナの脳裏に庵での出来事が蘇る。

途端に身体が震え、近づいてきたデイモンに怯えるように身体が竦んだ。

「……リリアナ？」

ベッドの手前で彼が立ち止まったのは、リリアナの身体が震えていることに気づいたからだろう。

そこではっと我に返り、リリアナはデイモンに謝罪をしようとした。

恐怖はまだ身体に残っているけれど、彼を避けたいわけではない。むしろ彼に怪我がないか、確認したかった。

「……」

けれど言葉を発しようとしたのに、なぜだか声が出てこない。

掠れた吐息は漏れるものの、言いたい言葉が何一つ声にならないのだ。

「どうしたの？　苦しいの？」

デイモンの横から、マリナがリリアナの方へ身を乗り出す。

彼女に背中を擦られながら「そうじゃない」と言うつもりだったのに、やはり声が出なかった。

途端に、ミラルダが険しい顔をする。

「デイモン、お医者様を呼び戻して」

ミラルダの言葉に、デイモンがはじかれたように駆け出していく。

程なくして医者が戻り、リリアナはたくさんの質問をされた。

だが医者の質問に、彼女は何一つ答えることができなかった。

答えるべき言葉はわかっていた。だがどうやっても、声が出なかったのだ。

「どうやら声が出なくなっているようです。精神的なショックからくる、一時的なものだと思いますが……」

「……それは、私のせいだな」

医者の言葉に、苦しげに顔を歪めたのはデイモンだった。

自分に怪我をさせてしまったのだって何か事情があるに違いない。そう思っていたリリアナは、あなたのせいじゃないと言いたかったけれど、どんなに息を吸い込んでも声は出ない。

「君の負担にならないよう、しばらくは会わない方がいいな……」

デイモンは苦しげな表情のまま、ふらふらと部屋を出て行ってしまった。

＊＊＊

「ファルゼンが目覚めた、来い」

虚ろな表情のまま、一人自室で打ちひしがれていたデイモンに誰かが声をかけた。

顔を上げるのも辛かったが、そのあと三度ほど名前を呼ばれ、デイモンはゆっくりと顔を上げる。

「ひどい顔だな」

顔を見るなり、そう言ったのはキリクだった。

いったいどれほど一人で過ごしたのかはわからないが、顔をしかめる兄の様子から察するに、かなり長いこと動けずにいたらしい。

「行くぞ、ファルゼンが待ってる」

気力がないのは今も同じだが、キリクの口からこぼれた弟の名前に、デイモンは僅かに反応する。

「彼も、目覚めたのか……」

「ああ。そしてお前に謝りたいと言っている」

「なぜ、あいつが謝るんだ」

傷つけたのは自分の方なのにとぼんやり考えていると、キリクがデイモンの腕を摑み、無理やり立たせた。

「理由は本人に聞けばいい。だから早く支度しろ」

今は歩くことさえ億劫だったが、キリクと彼がよこした使用人の手で着替えをさせられているうちに、幾分かは気分がマシになってきた。

それから彼はキリクに連れられ、ファルゼンの宮殿へと向かった。


「すまない……こんなことになるとは、思わなかった……」

部屋に入るなり、聞こえてきたのはファルゼンの泣きそうな声だった。

謝罪の意図がわからず困惑しつつも、デイモンは彼が寝ているベッドに近づき、その姿を確認する。

（よかった……元気そうだ……）

リリアナ同様寝込んでいたファルゼンだったが、今は順調に回復しているらしい。その姿を見てほっと胸をなで下ろすと、そこでようやくデイモンの思考はまともになり始めた。

「デイモンに、自分の罪を告白しろ」

デイモンがまともになり始めたことを察したのか、キリクがファルゼンの頭を軽く小突く。

ファルゼンがおずおずと説明し出したのは、昨日の庵での出来事だった。

「僕はただ、お前に恥をかかせたかっただけなんだ。血を見たら腰を抜かすと思って……」

ファルゼンが言うには、デイモンのデートに協力しようと決めたのも、デイモンとリリアナの関係を台無しにするためだったらしい。

血まみれの姿を見て慌てふためくデイモンをリリアナに見せることで、二人の恋を妨げようと思ったのだと、ファルゼンは震える声で告白する。

「じゃあ、あの傷は偽物か？」

尋ねると、ファルゼンは無言で前髪を搔き上げる。

ファルゼンの額に傷はなく、包帯が巻かれているのはデイモンが切りつけてしまった腕だけだ。

「では、私が血が苦手だと知っていて、しかけたのか？」

「知っていた。……ただ、こうなるとは思っていなかったんだ」

ファルゼンの答えに、キリクがあきれ果てた顔で天を仰ぐ。

だがデイモンは、彼の行為を責められない。

「……あれは、何なんだ」

ファルゼンがおずおずと問いかけた。

「あんなのは正気じゃない……」

彼の質問に、キリクが「今は黙れ」と釘を刺したが、デイモンは構わないと首を振る。

ファルゼンはデイモンがおかしくなったきっかけに大きく関係している。だから打ち明けるべきだと思ったのだ。

「私は、血を見ると強い恐怖を覚え、時折正気を失う。錯乱し、最悪の場合、周りにいる者を傷つける」

デイモンの言葉に、ファルゼンが小さく息を呑むのがわかった。

「血を見ると、駄目なのか？」

「ああ」

「いったいいつから、あんな風になるようになったんだ」

「もう、ずいぶん昔のことだ」

初めてそれが起こったときは、血を見て頭が痛くなるだけだった。

しかしそれが段々とひどくなり、デイモンはある日正気を保てなくなっていた。

「だが、お前は昔汚い仕事をしていたんだろう。血も、見慣れていたのではないのか？」

「たぶん見慣れすぎていたんだ。だからスカーナに移住し、血とは無縁の生活をするようになってから、私は少しずつおかしくなり始めた」

最初の発作が起きたのは、まだ小さかったファルゼンが馬から落ちて大怪我を負ったときだ。

頭から血を流す弟を助けようとしたとき、倒れた彼の姿に、かつて自分が殺した者たちの死にざまが突然重なった。

それからコウランでの過去と後悔が湯水のようにあふれ出し、彼は現実が見えなくなっていた。

生きるために略奪を繰り返し、路上で一人生きてきた幼い頃のこと。

密偵としての才能を見いだされたが故に、人を欺き、殺す方法を無理やりたたき込まれたこと。

命じられるがまま人を殺し、情報を奪い、自分の行動によって多くの人々がむごたらしく処刑される姿をただ黙って見ていたこと。

コウランにいた頃は、どんな汚れ仕事を請け負っても心は痛まなかった。だから後悔するほどの良心などないと思っていた。なのに突然、コウランでの出来事が、苦痛を伴い幻覚として現れたのである。

(たぶん、私の中にも……まだ少し心はあったのだな……)

初めて得た心穏やかな日々の中で、デイモンは今更、自分の罪深さに気づいたのかもしれない。

そして二十年分の苦しみと後悔が一気に押し寄せ、彼の心を狂わせた。

流れ出る血によって過去の幻覚に惑わされたデイモンは錯乱し、ファルゼンを助けるどころか側にいた侍女や騎士たちに斬りかかっていた。

側にいる者が皆敵に見え、近づく者は殺さねばという考えに取り憑かれていたのだ。

命こそ奪わずにすんだものの、中には今も傷が残る大怪我を負った者もおり、デイモンは以来血を避けるようになった。

「それは、治らないのか……？」

ファルゼンの質問に、デイモンは首を横に振る。

「医者にかかり、血に慣れる訓練はしたが、それでも完治はしなかった」

説明すると、ファルゼンは泣きそうな顔で固まっていた。

自分はなんてことをしたのだとつぶやく彼を見て、今まで黙っていたキリクが、堪えきれないとばかりに口を開いた。

「言っておくが、デイモンがお前を避けていたのもそのせいだぞ」

「じゃあ、僕に冷たかったのは……」

「お前がすぐ怪我をするから、こいつは距離を取っていたんだ」

最初のきっかけのせいか、ファルゼンの怪我を見ると過去が頭をよぎってしまう。だから狂わぬようにとずっと気をつけていたのに、今朝は完全に油断していた。

「そ、それならそうと言ってくれれば……」

「一番初めに、父上とデイモンがちゃんと説明したぞ。小さかったから、いまいち理解できてなかったのかもしれんが」

結局、ファルゼンは落馬のあともデイモンをよく追いかけていた。デイモンはそれを嬉しく思っていた気もするが、すぐ怪我をする彼と一緒にいるわけにもいかず、適当にあしらっているうちに、ファルゼンは彼を凄まじく嫌うようになってしまった。

今思うと、彼に嫌われて寂しかった気がするが、そのときは血を見ずにすむことの方が重要だった。

その後、治療のおかげで血への反応も穏やかになっていたため、心のどこかでは、もう二度とひどい発作は起きないと高をくくっていた。

(だからつい、ファルゼンに近づいてしまったのが、間違いだった)

リリアナほどではないが、ファルゼンにも死んだ猫と重なる部分がいくつもあったから、彼に会いたくなり、近頃は相談を口実に顔を見に行っていたのだと、今はわかる。

しかしそのせいで、きっと彼はデイモンに苛立っていたのだろう。

「嫌われるようなことをしたのは私だ……。だから今回のことは、私の責任だ」

すまないと深く頭を下げると、ファルゼンが「やめろ」とうつむいた。

「僕をこれ以上惨めにするな……。もう、謝るな……」

そう言われると謝罪もできず、デイモンはそれ以上の言葉を重ねられない。

「もう二度と、馬鹿なことはするんじゃないぞ」

何も言えなくなったデイモンにかわり、ファルゼンの頭を叩いたのはキリクだ。

それから彼はデイモンの方を向くと、「お前も反省は終《しま》いにしろ」と言い放つ。

「無駄に責任を感じている暇があったら、リリアナちゃんの看病をしてやれ。彼女の友達と母上に任せきりだそうじゃないか」

キリクは言うが、デイモンはそれでいいのだろうかと思わずにはいられない。

「私は……もう、彼女に関わらない方がいい気がする」

デイモンの言葉に、キリクとファルゼンが戦いた。

特にキリクは、何やら慌てた様子で彼の身体まで揺さぶってくる。

「……お前、本気か？」

「私が側にいれば、あの子をまた傷つけてしまうかもしれない」

「確かに怪我はしたが、お前はギリギリで踏みとどまっただろう」

キリクが言うように、確かにデイモンの刀は彼女を切り裂かなかった。

心のどこかに理性が残っていたのか、デイモンがないだ刀は刃が逆になっており、峰打ちですんだのだ。けれど錯乱したデイモンを見て大きなショックを受けたのか、目覚めた彼女は声を失っていた。

「ちゃんと向き合え。彼女はきっとお前を待ってるぞ」

「だが、私を見て震えていた」

「事情を説明すればわかってくれるさ」

「説明して、嫌われたらどうすればいい」

「そうしたらまた好かれる努力をしろ。どのみちお前は、あの子から絶対離れられないぞ」

キリクはデイモンを見つめ、言い聞かせる。

「惚れた女にとことん執着する。うちはそういう家系だ」

「だが父上は、母を選ばなかった」

デイモンの言葉に、キリクは押し黙る。

「それに私は、リリアナに惚れているわけではない」

リリアナを愛しているなら、たとえ錯乱していても彼女を傷つけたりはしないはずだ。

(だからこれはきっと、愛ではない……)

もしリリアナに抱く感情が愛だとしても、父のように捨てることもできるはずだとデイモンは自分に言い聞かせようとした。

「いい加減にしろ!!」

だがそこで、キリクがデイモンの胸ぐらを摑む。

「自分のしたことから逃げるな。あの子も声を失って不安なのに、お前が支えてやらなくてどうする!」

お前は彼女の夫だろうと言われ、デイモンはようやくはっと我に返る。

「過去を打ち明けにくいのはわかる。だから今すぐすべて伝えろとは言わないが、無様《ぶざま》に逃げ出すことだけはするな」

キリクの強い説得で、ようやくデイモンの心が動く。

「兄上の言うとおりだな。……私は、本当に無様だ」

指摘されなければリリアナの不安にも気づかない自分が、愚かで憎かった。

＊＊＊

皺一つないシーツを見つめ、リリアナは深いため息を溢す。

庵での出来事から一週間が経ち、声が出ないことを除けば、体調ももうすっかり良くなった。

それに伴い行儀見習いの仕事を再開したいと伝えたとき、デイモンは「構わない」と穏やかな顔で了承してくれた。だが無理をするなと、優しく気遣ってもくれた。

（でもやっぱり、前とは何かが違う気がする）

使われた形跡のないベッドにそっと腰を下ろしながら、リリアナはデイモンについて思いをはせる。

声が出なくなったあと、デイモンは怪我をさせたことを何度も謝罪してくれた。

怖がらせて悪かったと告げる彼はあまりに痛々しくて、リリアナは『大丈夫です』と筆談で何度伝えたかわからない。

一方で、デイモンがなぜあんな風になってしまったのか、彼は頑なに教えてくれなかった。

錯乱の原因が血であること。そしてファルゼンの悪戯がきっかけであったことは聞いたけれど、得られた情報はそれだけだ。

そしてリリアナも、それ以上の追及ができなかった。血を見ただけで正気を失うなんてどう考えても異常だし、きっと深い理由があるに違いないと思うのに、それを尋ねる勇気が出なかったのだ。

何度も何度も問いかけを紙に書いてみたけれど、渡すことができずにいる。

渡そうとするたび、自分に刃を向けたデイモンの恐ろしい顔がよぎり、最後の一歩が踏み出せなかった。

そうしているうちに表面上は元のデイモンに戻り、あの恐ろしい光景を思い出すことは無くなってきた。リリアナも声が出ないことを除けば以前と同じように振る舞えるようになっている。

けれど使われた形跡のないベッドや、日に日にやつれていくデイモンの様子を見れば、二人の関係と日常にほころびが生じているのは明らかだ。

(デイモン様、たぶんずっと寝ていないんだわ)

怪我をしたリリアナの身体に無理をさせないためにと、この一週間は寝室を別にしている。

そしてその間、デイモンがどんな夜を過ごしているかがわからなかったけれど、ろくに休んでいないに違いない。

そんな状態で、彼は夜遅くまで仕事をしている。宮殿に帰ってくる時間も遅いし、そのあとも書斎にこもってばかりなのだ。

その理由が自分だと薄々気づいていながら、何もできずにいたことが情けなかった。

（やっぱり、このままじゃ駄目よね）

このままではデイモンが倒れてしまう気がして、せめて夜は眠るよう進言せねばと心を決めた。


デイモンが騎士団から戻ったと知らせを受けたリリアナは、勇気を振り絞り、デイモンが引きこもっている書斎の扉を叩いた。

「こんな夜更けにどうした」

出迎えたデイモンのやつれた顔を見て、「どうした」はこちらの台詞だと言いたかったが、やはり声は出ない。

だからかわりに、ここまで頑張って運んできたホットミルクを差し出す。それから、持っていた手帳に言葉を綴った。

『あまり眠れていないようなので、心配になってしまって』

「わざわざ、持ってきてくれたのか」

『少し、冷めてしまいましたが……』

それに実は、このホットミルクは三杯目なのだ。歩き方の矯正は上手くいっているが、食器を運ぶのはまだまだ苦手で、ここに至るまでに三回も転んでしまったのである。

情けない失敗を文字にして伝えると、デイモンがおかしそうに目を細める。

浮かんだ表情はいつもより穏やかに見えて、リリアナは少しほっとする。

それから彼女は、決意が鈍らないうちにと、手帳にペンを走らせた。

『少し、お話がしたいのですが構わないでしょうか』

字を見せると、ほぐれていたデイモンの表情が、ぎこちなく固まる。

「すまないが、まだ仕事が終わっていない」

『今日でなくても構いません。でも近いうちに――』

「……ならば明日、デートをするか？」

リリアナが続きを書くより早く、デイモンが言葉を遮るように言った。

「午後は少し時間がある。だからこの前の詫びをかねて、二人で出かけよう」

デイモンの提案は、正直予想外だった。彼はずっと自分を避けている雰囲気だったたし、申し出も断られる可能性の方が大きいと思っていたのだ。

「では明日の、十三時に」

デイモンの言葉に、リリアナは喜んで頷く。

（もしかしたらデイモン様も、ちゃんと話がしたいって思ってくださっていたのかも）

そして以前のような関係に戻りたいと、そう思ってくれているのかもしれない。

『約束ですよ』

「ただ、ロマンチックなデートは無理かもしれないが……」

『デイモン様と一緒にいられるなら、どんなデートでも構いません』

期待と希望を胸に、リリアナは書斎をあとにする。

そんな彼女を見送るデイモンの表情は強張っていたが、彼女がそれに気づくことはなかった——。

＊＊＊

降り積もる雪を温かく照らしていた光が、ふっと消える。

それを見つめていたデイモンは白い息を吐くと、地面と壁を蹴り、リリアナの部屋のバルコニーに音もなく立った。

先ほど消えた灯りは、リリアナの部屋のものだった。それが再びともる気配がないのを確認し、デイモンはそっと窓辺へと近づいた。

気配を悟られないよう身をかがめ、バルコニーの隅で膝を抱えるように座り込む。

そっと中を覗けば、ベッドの上で穏やかに目を閉じるリリアナの姿が見える。

それにふっと頬を緩めながら、デイモンは窓ガラスに力なく額を押しつけた。

(さすがに少し、体調が悪いな……)

このところずっと、デイモンはこうしてリリアナの部屋のバルコニーで一晩を過ごしていた。

今日のように雪の降る夜も多いが、どうしてもリリアナの顔が見たくてここに来てしまうのだ。

たぶん、一緒に寝たいと言えば彼女が許してくれる。でも彼女に負担をかけることになるのではと思うと、なかなか言い出せなかった。

(それに側にいたら、こんなに穏やかな寝顔は見られない)

デイモンの錯乱した姿を見て以来、彼女の浮かべる表情はいつもどこかぎこちない。自分が近づくと小さな身体もすぐ強張ってしまう。

だから彼は彼女を怖がらせないように、極力距離を置くよう努めていた。

けれど夜になると、どうしても会いたくて堪らなくなり、こうしてリリアナの姿が見える場所で、一晩を明かすのが日課になっていた。

(今日の彼女は、いつもより幸せそうな顔に見えるな……)

それが、先ほど書斎で交わした提案のおかげならいいのにと、デイモンはぼんやり思う。リリアナのために距離を置こうと決めていたのに、今日彼女は自分の足でデイモンのもとへと来てくれた。

身体を気遣う言葉までくれて嬉しかったが、同時に罪悪感も募った。

デイモンを怖がりながらも、彼女はそれを必死に隠し、自分との生活を続けようとしてくれている。

俺でのことを怒り、嫌悪し、離縁を切り出されてもおかしくはないのに、彼女はそうはしなかった。

そしてそれにデイモンは甘えていた。言うべき言葉も口にせず、リリアナが逃げないのを良いことに問題を後回しにしている。

（……でも、このままではいけない気がする）

彼女のためにも、伝えるべきことは伝えなければいけない。

自分の卑しい素性を語り、発作のことを告げ、この結婚生活を続けるかどうか問わなければいけない。

（自分が人殺しの妻だと知ったら、彼女はきっと驚き……私を恨むだろうな）

そのときは、彼女を手放さなければと決意する。

「……ッ！」

だがそんな決意を拒むように、突然デイモンの頭が激しく痛み出した。

あまりの激痛に呼吸が乱れ、意識が闇に呑まれかける。それが錯乱の兆候だと気づいたが、突然のことに気持ちを静める余裕もない。

「今までは……こんな……なかったのに……」

窓に手をつき、デイモンは苦しげにうめく。

物音に気づいたのか、ベッドの上でリリアナが寝返りを打つ。

（ここで我を失っては駄目だ……。彼女だけは……もう……）

薄れていく意識の中、デイモンは最後の力を振り絞りバルコニーから飛び降りる。

着地を失敗し、背中から地面に落ちたデイモンは更なる激痛に顔を歪めた。

だがとにかく今は少しでもリリアナから離れようとそれだけを考え、デイモンは雪の中を苦痛と共に這い進んだ。

＊＊＊

『今日は、デイモン様がくださったドレスや髪飾りを使いたいです』

身支度を手伝ってくれる侍女に提案すると、にこやかな笑顔でドレスを持ってきてくれた。

どことなくほっとした顔を見ると、たぶん宮殿の人々も二人のぎこちなさを気にしてくれていたのだろう。

周囲にまで気を遣わせていたことを申し訳なく思いつつ、今日こそはちゃんと話をしなければと決意を新たにする。

「髪飾りは、どれにいたしましょう」

『デイモン様からいただいたカンザシをつけたいです』

鏡の前で髪を結わえていると、侍女が簪を用意してくれる。

それを髪に挿せば準備は終わり、あとはデイモンを待つだけだ。

「リリアナ様、お客様です」

しかし、約束の時間を目前にして部屋に現れたのはデイモンではなかった。

「ああよかった。あなたの方はやはりなんともないのね！」

部屋にやってきたのはミラルダだった。その表情は切迫していて、ただ事ではないのは明らかだった。

「突然だけど、今すぐ私と一緒に来て欲しいの」

ミラルダの言葉に、リリアナは慌てて筆談のためのノートとペンを取る。

だが返事を書くより先に、ミラルダは言葉を続けた。

「デイモンが大変なの……」

ミラルダの言葉に、リリアナは息を呑む。何があったのか尋ねたかったがやはり声は出ず、手は震えてとてもではないが筆談ができる状態ではない。

そんな彼女を察し、ミラルダは「行きましょう」と手を引いてくれた。


ミラルダがリリアナを連れてきたのは、デイモンの宮殿の離れだった。

普段は倉庫として使われている離れは、使用人たちもあまり立ち入らない。

そんな場所に、今日は何人もの騎士が立っている。

騎士たちの前を通り過ぎ、地下へと続く不気味な階段を下りていると、薄暗い闇の奥から獣の咆哮を思わせる恐ろしげな声が響く。

苦痛に歪むその声には聞き覚えがあった。庵でリリアナに襲いかかってきたデイモンが発していたものとまるで同じだ。

「この離れは、昔デイモンが作らせたの。もし自分に何かあったとき、ここに閉じ込めて欲しいと言って」

ミラルダの説明を聞きながらさらに奥へと進み、たどり着いたのは牢獄を思わせる小部屋の前だった。

「もし自分が狂うことがあったら、この中に入れろと……。そしてもし元に戻らないようなら、ここで処理しろと彼は言っていたわ」

処理という言葉に恐ろしい意味が込められていると気づき、リリアナは強い不安を抱く。

そのとき、小部屋の扉が開いた。中から出てきたのは、憔悴しきった顔のキリクとファルゼンだった。

「デイモンに会わせてちょうだい」

ミラルダの言葉で、二人はリリアナたちの存在に気づいたらしい。

驚いた表情を浮かべながら、彼らはリリアナたちに近づいた。

「今は会わせられる状態じゃない」

「だからこそ会いに来たのよ」

厳しい顔でキリクは言ったが、ミラルダは一歩も引かなかった。

「リリアナなら、彼を正気に戻せるかもしれないでしょう」

「だとしても今は無理だ。拘束はしているが、ひどく暴れているし危険だ。もう既に騎士が五人も殺されかけた」

キリクの言葉に、リリアナの脳裏を庵での出来事がよぎる。

（きっとまた、デイモン様はおかしくなってしまったんだ）

デイモンの恐ろしい相貌を思い出し、リリアナは小さく震える。

その反応を見て、キリクの側に立っていたファルゼンがリリアナに近づいた。

そして彼女を追い返そうとするようにそっと肩を押したとき、側の部屋から苦しげなうめき声が響く。

（今、私を呼んだ？）

間違いないと思うのと同時に、リリアナは無意識のうちにファルゼンの手をすり抜けていた。

苦しげな声に混じって、リリアナを呼ぶ声が聞こえた気がしたのだ。

それを聞いていると恐ろしさは消え、デイモンのもとへ行きたいという気持ちが強くなる。今すぐにでもデイモンに会わなければいけない気がして、リリアナの足は自然と扉の前へ向かった。

「よせ、あいつは今正気じゃないんだ」

そして戻る気配もないのだと、キリクが苦しげに告げる。

「それにたぶん、あいつは君にだけはこの姿を見られたくないはずだ」

だから帰ってくれと、キリクはリリアナを扉から引き離そうとする。

「……リリ、アナ……」

けれどそのとき、部屋から漏れ聞こえてくる苦悶の声の中に、確かに自分の名前があった。

名前に続いた言葉は聞き取れなかったけれど、苦しみながらもデイモンは自分を呼んでいると今度こそ確信する。

(私、彼のもとへ行かなきゃ)

デイモンがどんな状態でも、自分に会いたいと望んでいるなら側に行きたい。

いつになく強い気持ちが芽生え、リリアナは視線と身振りで扉を開けて欲しいと必死に訴える。

「開けてあげなさい」

声が出せないリリアナにかわって、願いを口にしてくれたのはミラルダだった。

リリアナとミラルダの二人からじっと見つめられ、そこでようやくキリクは観念したように側の騎士に合図を出す。

「あまり近づきすぎるな。君には隠していたが、あいつは人を殺す技に長けている。たとえ拘束されていても、君の首の骨くらい簡単にへし折れる」

キリクの忠告に、リリアナは頷いた。

それから彼女は鍵の開いた扉を押し開け、中へと入る。

薄暗い独房の奥、薄汚れた壁の前に、デイモンはぐったりと倒れ込んでいた。

石壁に繋がれた鎖と、そこに連なる枷に両手両足を捕らわれた彼の身体には、無数の傷が見えた。たぶん、ひどく暴れたのだろう。

特に枷に繋がれた手足の傷は深く、彼が苦痛に身を震わせるたび、傷口が抉れて血が流れ出していた。

「……リリ、アナ……」

そのとき、デイモンの眼がリリアナの姿を捕らえる。リリアナが慌てて駆け寄ろうとすると、デイモンが大きく頭を振った。

「……くる、な……」

泣きそうに震えた声が、リリアナへと向けられる。

直後、デイモンは頭を強く押さえ、苦しげに息を吐いた。

その姿に、庵で見たデイモンの姿が重なった。次第に虚ろになっていく瞳も、苦しそうな表情も、あのとき見たものと同じだ。

「……消えろ……消えろ消えろ消えろ」

何かを追い払うように腕を振り回し、デイモンはうわごとを繰り返す。

怯え、震え、苦しみに絶叫するデイモンの姿を見ていられず、リリアナは側へ近づいていく。

彼に傷つけられるかもしれないという怖さはあった。だがそれ以上に、彼のことを放っておけなかった。

「……離、れろ……」

震える身体に縋り付くと、デイモンの動きが僅かに鈍くなる。

「……離れて、くれ……」

苦しげな声が、懇願する。

しかしリリアナは、どうしても彼を一人にしたくなかった。

言葉では離れろと言いながら、彼の声は、顔は、自分に助けを求めているように見えた。

ならば自分はそれに応え、苦しむ彼を少しでも楽にしてあげたい。

そんな思いだけを胸に、リリアナはデイモンの背中を優しく撫でる。

「……もう、離れません」

どうしても伝えたい。

そう思った一言が、口からこぼれたのはそのときだった。

「あなたを、一人にはしません」

震えてはいたけれど、それは確かにリリアナの言葉だった。

「リリ、アナ……」

言葉はデイモンに届いたのか、苦しげな声がゆっくりと静まっていく。

声を出すのも辛いのか、彼が苦しげに繰り返すのはリリアナの名前だけだった。

けれどその中に、苦しみと、悲しみと、リリアナへの深い愛情を感じて、彼女はデイモンの頭を撫でる。

「私は、ここにいます」

これからもここにいますと、リリアナはデイモンに何度も何度も言い聞かせ続ける。

そうしていると、彼の身体からがっくりと力が抜けた。

身体を抱き支えていると、リリアナの肩にしなだれかかったまま、デイモンが苦しげに息を吐いた。

「……正気に戻ったのか？」

背後の扉が開き、キリクが顔を出した。

それに続いてファルゼンとミラルダも現れたが、デイモンはそれに気づかないのか返事をしない。

かわりにリリアナが彼の顔を覗き込み、頷く。

「もう、大丈夫だと思います」

いつしか寝息を立て始めたデイモンの顔は、先ほどの様相からは想像もつかない穏やかなものだった。

母に縋り付いて眠る子どものような顔にほっと息をつき、リリアナは彼の頭を優しく撫で続けた。

第八章

『猫より、もっと大きなものを愛せたじゃないか』

懐かしい誰かの声が、デイモンの心を優しく撫でる。

その正体を突き止めたくて、ゆっくりと目を開けるが、声の主は見つからない。

言い知れぬ寂しさを覚えていると、心地よい温もりがデイモンの頬を撫でた。

「目が覚めました？」

自分を覗き込んでいたのはリリアナだった。

その顔を見ていると、デイモンの表情は自然と和らいでいく。

「……リリアナ」

掠れた声で名前を呼ぶと、「はい」と可愛らしい声が返ってきた。

ただそれだけなのに、目の奥が熱くなり胸が苦しくて堪らなくなる。

「声が……」

「戻ったんです。もう、普通に話せます」

「よかった。……君の可愛い声が、もう一度聞きたくて堪らなかった」

自然とこぼれた言葉に、リリアナの頬が赤く染まる。戸惑うような表情を見て、何か失言をしただろうかと悩んでいると、頬を撫でていた手がそっと額に置かれた。

「まだ、少し熱があるんですね」

「熱……？」

「正気に戻ったあと倒れたんです。覚えていませんか？」

リリアナの問いかけに、デイモンは記憶を探る。その直後、彼は独房でのやりとりを思い出し、慌てて身体を起こした。

「そんなに慌てないでください！　怪我はしていませんし、私は無事です」

質問を投げかけるよりも早く、リリアナがデイモンを押さえつけながら言った。

「あなたは私を傷つけていません。だからそんな、泣きそうな顔をなさらないでください」

大丈夫ですと繰り返す声を聞きながら、デイモンはそっと自分の顔に触れてみる。

泣きそうな顔などしているつもりはなかったが、確かに自分の表情はいつも以上に硬い気がした。

「本当に、何もしていないか？」

「はい。むしろ、デイモン様こそ大丈夫ですか？」

頭痛はもうしませんかと問いかけられ、デイモンは小さく頷く。

リリアナが無事でいることに安堵したが、正気を失った経緯を思うと暢気に喜んでいることもできない。

「今度こそ私は、完全におかしくなったのかもしれないな」

血を見たわけでもないのに錯乱したのは初めてだった。

頭痛や胸の苦しさは、これまでの比ではないくらい激しかった。

きっかけを思い出そうとしたところで、デイモンの脳裏をリリアナと別れようと決めたときの光景と、そこで感じた深い喪失感がよぎる。

「君だけは傷つけたくないのに、もう……無理なのかもしれない……」

リリアナを失う不安が発作の原因となり得るなら、デイモンはもう彼女とは一緒にいられない。

側にいればリリアナをまた傷つけてしまうだろうし、今度は軽い怪我ではすまないかもしれない。

だとしたら今すぐにでも離れなければと思い、彼はリリアナの腕を遠ざける。

「……リリアナ、私と――」

「デイモン様、私、あなたに言いたいことがあります」

離縁してくれと言うはずだったのに、リリアナの声がそれを遮る。

「待ってくれ、私が先に……」

「待ちません。たまには私の話を先に聞いてください」

いつになく強い声に、デイモンは言葉を詰まらせる。

するとリリアナは顔を傾け、彼の唇をそっと奪った。

啄むような口づけはどこまでも優しくて、デイモンはそれに溺れてしまいたくなる。

「……駄目だ」

「なぜですか」

「私は君と口づける資格がない」

「あります。だってデイモン様は私の夫で、私が恋した人だから」

突然の告白と共にもう一度キスをされ、デイモンは啞然としたまま固まっていた。

都合の良い夢でも見ているのだろうかと思ったが、何度瞬きを繰り返しても、目の前のリリアナは消えたりはしなかった。

「何か、言ってくださらないのですか？」

「な、何を言えばいい」

「ひどいです。あなたが見たいと言った顔がようやくできたのに、感想もないなんて」

「いや、あの……」

自分でもこんなに動揺するなんてと驚きながら、デイモンは彼女に口づけられた唇を指でなぞる。

「でも、どうして……」

「どうしてって、自分に恋をするようにと言ったのはデイモン様ではありませんか」

「だが私は、君を傷つけ怯えさせた」

それにデートも失敗したと、ついうっかり場違いな台詞を口にしてしまう。

情けなく言いよどむ様子がおかしかったのか、リリアナがそこでクスクスと笑った。

「確かにデイモン様には欠点もあるけれど、それでも私はあなたが好きなんです」

本当は俺でそれを言いたかったのだと告げる彼女を見つめていると、胸の奥が苦しくなり、一度は手放そうとした身体を逆に抱き締めてしまう。

「それ以上……何も言わないでくれ」

「嫌です。私はもう、言いたいことは我慢しないと決めたんです」

そう言ってデイモンを見つめるリリアナの表情は、いつになく眩しい。

「声が出なくなって……これまで以上に気持ちを伝えられなくなってわかったんです。言いたいことを言わないでいるのは、凄く辛いって。だから私はもう我慢したくありません」

それから彼女はデイモンに寄り添うと、長い時間をかけ、たくさんの言葉と気持ちを伝え始めた。

デイモンがどれだけ好きかということ。

好きだからこそ、デイモンをもっと知りたいと思っていること。

自分に隠し事をして欲しくないこと。

たとえ何があっても、一緒にいたいということ。

「デイモン様が苦しんでいるなら、私はそれを癒やすお手伝いがしたいのです」

彼女の気持ちを受け止めながら頭を撫でられていると、デイモンもまたリリアナの側にいたいと強く願ってしまう。

（もう、彼女を手放すことはできない）

彼が理性を失ったきっかけも、取り戻したきっかけも、どちらもリリアナなのだ。

（彼女を失ったら、今度こそ私は心を失うだろう……）

過去の罪に呑まれ、心を壊してしまうという予感が胸に芽生えていた。

ならばいっそ、彼女を傷つける前に心ごと自分を壊すべきかとも考えたが、縋り付く腕をほどくことも、もはやできない。

「私を、これからもお側に置いてくださいますか？」

リリアナが望んでくれるなら、側で笑ってくれるなら、彼女に情けなく縋り付いたまま生きていたいという気持ちはもう消せない。

「私も、君の側にいたい」

「なら、これからも一緒にいましょう。そのためにも、デイモン様が隠していることをすべて、話してください」

彼女の言葉を拒むことはできず、デイモンはゆっくりと息を吸う。

それから彼はリリアナと向き合い、語るべきことをすべて彼女に打ち明け始めた。

＊＊＊

音もなく降り積もる雪の中、母の庵へ向かっていたデイモンは、白く覆われた世界にほっと息をつく。

かつてこの道を辿ったとき、デイモンはファルゼンを背負い、腕にリリアナを抱いていた。

あの日から時は経ち、白い雪の中にデイモンを狂わせる赤い色は見えない。

(そしてリリアナのおかげで、私は正気を保てている)

歩くデイモンの横には、自分を見上げて微笑むリリアナの姿がある。

雪が積もる小道を歩きながら、デイモンは彼女と繋いだ手を柔らかく握り直した。

「寒くはないか？」

尋ねると、リリアナが白い息を吐きながら、ふっと笑みを溢す。

「デイモン様がいるので、暖かいです」

なんとも可愛らしいことを言って、リリアナは彼の方へと身を寄せた。それを喜びながら小道を進み、デイモンは母の過ごした庵へとたどり着く。

入り口で服や髪についた雪を払っていると、リリアナが興味深そうに辺りを見回した。

「ここに来るのは久々ですね」

「前に来たときに怖い思いをさせたから、控えていたんだ」

「気になさらなくてもいいのに」

私はこの場所が好きですと言ってくれるリリアナに、デイモンは救われた気持ちになる。

彼女の声が戻ったあと、デイモンは自分の暗い過去と、その過去が今なお自分を狂わせていることを素直に打ち明けた。

平和な国で育ったリリアナにとっては想像しがたい話のようだったが、彼女はしっかりと耳を傾け、理解しようと努めてくれた。

そして話を聞いたあとも、彼女は変わらず自分を優しく受け入れてくれている。

「でも、今日はどうしてここに？」

「……君に、渡したいものがあってな」

言いながら、デイモンは懐から小箱を取り出した。

「君への詫びと、日頃の感謝の気持ちを込めて選んだものだ」

「デイモン様が？」

「ああ。前回はファルゼンを頼り、その上、君に嘘までついてしまったからな」

だから今度は自分で選んだと言うと、リリアナはおかしそうに笑う。

「そのことはもう謝罪していただいたし、気にしなくてもいいのに」

「しかし、君に対して誠実ではなかった」

それを詫びたくて、デイモンは一週間かけて街中の宝飾店を巡り、リリアナへの贈り物を選んだのだ。

「最近やけに難しい顔をなさっていたのは、これを選んでいたからだったんですね」

「顔に出ていたか？」

「はい。デイモン様にしては珍しいなと思っていました」

「難しい選択だったからな。正直、本当にこれでいいのかと今でも悩んでいる」

悩みすぎて、もう三日ほど眠れていないくらいである。

「でもどんなに悩んでも、これが今の自分ができる精一杯の選択だった」

その選択が合っていても、間違っていても、人に言われたものを渡すより、自分で選んだものを渡したい。あわよくばそれで彼女を喜ばせたいと、デイモンは思えるようになっていた。

「だから受け取って欲しい」

リリアナの前に跪き、デイモンは小箱を開ける。

反応を見逃すまいとするあまり、贈り物を渡すには少々険しすぎる顔でリリアナを見つめていると、彼女は小さく吹き出した。

「……笑うほどおかしなものだったか？」

「いえ、大変素敵で可愛らしいと思います。ただ、険しいお顔と差がありすぎて」

言いながら、リリアナが小箱から黒いチョーカーを取り上げる。チョーカーは猫をモチーフにしたデザインで、正面には小さな鈴と猫の刺繍が施されていた。

「君の首の長さと肌や髪の色、鎖骨の形を考慮した結果、ネックレスよりチョーカーの方が似合うと思い、これにしたのだ。そして君の持つ猫的な愛くるしさをより一層引き立て彩るのは、これしかないと」

「す、凄く色々考えて選んでくださったのですね」

「正直、考えすぎだとキリクとファルゼンには怒られたがな」

このチョーカーを選んだのはデイモンだが、リリアナのために宝飾店を巡ると言うと、なぜだかあの二人も付いてきたのだ。

今回は自分で選ぶと宣言したので口は出してこなかったが、二人は終始心配そうな顔をデイモンに向けていた。

それもあって自信がなかったのだと告げると、リリアナがおかしそうに笑う。

「ファルゼン様と仲直りできたんですね」

「仲直りはできていない。顔を合わせれば叱られるし、今日これを渡すと言ったら『趣味の悪さに引かれて嫌われるがいい』と言われた」

ファルゼンにしてしまったことを思えば、そう簡単に関係を修復できないのは当然だ。

だが近頃は、彼につれなくされるのが前よりも辛かった。

（しかし、どうやって関係を修復すればいいのか、見当もつかない……）

　浮かない顔でため息を溢していると、リリアナがデイモンを安心させるようにふわりと笑う。

「いえ、ちゃんと仲直りできていると思いますよ。そもそもファルゼン様は、デイモン様を恨んでいるわけではないと思いますし」

「だが、いつも不機嫌そうな顔をしているぞ」

「ファルゼン様も不器用な方なんです。不機嫌そうなのはきっと、自分のお気持ちを素直に言えないからだと思います」

　その気持ちはわかると、リリアナは喉に手を当てる。

「相手が大切な人であればあるほど、嫌われないか、相手を傷つけないかと不安になるものです」

「君も、そうなのか」

「ええ。だからこそ、声が出なくなったのだと思います。お医者様は恐怖のせいだと言っていたけれど、私にとっての一番の恐怖はデイモン様に嫌われ、距離を置かれることだったから」

「私は絶対に君を嫌わない。それに、もう離れるつもりはない」

「私も同じです。ただそんな経験をしてもまだ、自分に素直になり続けるのは難しいですし、ファルゼン様も同じなのではないでしょうか」

　大切な人だとわかっていても、素直になれず思い通りの行動が取れなくなることは誰にでもある。

むしろ大切な人だからこそ迷うのだと告げるリリアナの言葉は、デイモン自身にも当てはまることだ。

「好きな相手の前では、確かにままならなくなるな」

デートの仕方や贈り物を選ぶのが難しいのは、きっとそれだけリリアナの反応を気にしているからだ。

彼女に好かれたい、嫌われたくないと思う気持ちが強すぎて、戸惑い迷うのだ。

「間違わないようにと日々君の情報を仕入れ、観察日記を二十四冊もつけているというのに、それでもいざとなると何もできなくなる……。ならばファルゼンは、私以上に戸惑っているのだろうな」

少なくとも彼はデイモンの日記なんて書いていないだろうし、不機嫌なのもそのせいだろうとデイモンは考えた。

一方彼の言葉を聞いていたリリアナは、何やら怪訝な顔をしている。

「……ま、待ってください、今二十四冊とおっしゃいました？」

「ああ。だがいくら情報を集めてもいつも何かが足りない気がしていた……」

「た、足りないのは、たぶん情報ではなく私の言葉です。今まで、私はデイモン様に自分の望みや気持ちをあまりお伝えしてこなかったから」

宥めるように言いながら、リリアナはデイモンの贈ったチョーカーを首にあてがう。

「これからはなるべく自分のことを口にするようにしますから、日記に頼らなくても大丈夫ですよ。聞きたいことは、直《じか》に聞いてください」

「ならばまず、贈り物の感想を聞いてもいいか？」

「凄く素敵です。今まで、猫扱いされることには少し抵抗があったのですが、時間をかけてデイモン様がこれを選んでくれたと思うと、とても嬉しいです」

リリアナの笑顔に、デイモンは心底ほっとする。

しかし直後、彼女の笑顔に僅かな困惑が混じる。

「ただ一つ、お伝えすべきことがあって……」

そこでリリアナは、チョーカーが入っていた箱を取り上げる。

「大変申し上げにくいのですが、これはたぶん……人間用ではないと思います」

あまりの予想外の言葉に、デイモンはきょとんとしたまま固まった。

「このお店、貴族向けの高級ペット用品店なんです。なのでこれは、チョーカーではなく首輪かと」

言いながら、リリアナは箱に記載された店名を指さしていた。

「扱うものが高級すぎてアクセサリー店にしか見えないんですよね」

「……だから、キリクたちが『本当にここで選ぶのか』と言っていたのか」

「でもあの、つけられないことはないと思います。デザインも可愛いので、店の名前さえなければ私も普通のチョーカーだと思いましたし」

とはいえ猫用の首輪を与えるなんて、大失敗もいいところである。

「これは、返品しよう」

もう一度選ばせてくれと懇願しながら、デイモンは慌てて首輪を取り返そうとする。

するとリリアナは逃げるように身を引き、持っていた首輪をぎゅっと握りしめた。

「いえ、返しません。デイモン様が悩んで選んでくださったものだから、つけたいです」

「首輪だぞ」

「さんざん猫耳をつけたあとですし、今更でしょう」

絶対に返さないと意地を張るリリアナに、デイモンは仕方なく降参する。

「本当にいいのか？」

「はい。これをつけたいというのが、私の気持ちです」

「しかし、呆れてはいないのか？　デートに続き、私は……」

「おかしいと思う気持ちはありますが、デイモン様のずれたところ、好きですから」

驚かされるばかりだけれど、その驚きもまた嫌ではないのだとリリアナは笑ってくれる。

「間違えながらも、私のことを一生懸命考えてくださるデイモン様が好きなんです」

優しい笑顔と告白に、デイモンの胸が甘く痛む。

かつてデイモンは、自分には感情などなく、心も空っぽなのだと思っていた。けれどリリアナといるとそうではないのだと気づかされる。彼女の言葉は、デイモンの空っぽな心を満たしてくれる。

「もう一度、好きだと言ってくれないか？」

懇願すると、さすがにリリアナも照れてしまったのか、言葉に詰まる。

だがしばらくじっと待っていると、真っ赤になりながらも最後は優しい声でそっと耳打ちしてくれた。

「誰よりも、あなたのことが大好きです」

繰り返される甘い告白に、デイモンの顔は自然とほころんだ。

喜びのあまりリリアナをぎゅっと抱き締めて、彼女の頭に頬を寄せる。

「私はたぶん、その言葉を聞くためにこの国に来たんだな」

長いこと、自分はこの場所にいていいのかと考えてきたけれど、その答えはきっと目の前にある。

むしろこれ以外の理由などないと考えながら、デイモンはリリアナに頬ずりをし、幸せな気持ちに浸った。

「なんだか、今日はデイモン様の方が猫みたいですね」

甘え方が猫っぽいと指摘され、確かにそのとおりだと自覚する。

「ならば、これは私がつけた方がいいだろうか」

言いながらリリアナが握っている首輪を見ると、彼女はおかしそうに目を細めた。

「なら、ついでに猫耳もつけたらどうでしょう」

「君が望むなら、そうしよう」

自分に合うだろうかと考えながら、デイモンは躊躇なく手を伸ばす。

「じょ、冗談ですよ！　ただでさえ色気がおありなのに、首輪と猫耳なんてつけたら変な気分になりそうです」

「変な気分？　それは欲情するという意味か」

「ち、違います！　とにかく首輪と猫耳は駄目です！　これは私のでしょう！」

そう言って首輪をぎゅっと抱き締めるリリアナの混乱ぶりに、デイモンは思わず笑った。

「なら、君はこれを、私は猫耳をつけて、今夜はしよう」

何をと言わなくても、リリアナはデイモンの望みを察したのだろう。

「ね、猫耳は刺激が強すぎるので駄目です」

真っ赤な顔を手で覆いながら、リリアナはまたもや可愛らしいことを言った。

＊＊＊

初めて身体を重ねてから、リリアナはデイモンの手の中で、幾度となく果ててきた。

そのたび、これ以上ないと思うほど深い快楽を得た気になるのに、肌を重ねるごとに甘美な心地よさはより深く、より強くなっていくように思う。

デイモンとひとつになるためにに生まれてきたのでは思うほど、リリアナの身体は彼の逞しい肉体と相性が良い。

「あっ……きもち……いい……」

デイモンは、リリアナが欲しいものを、言葉にせずとも与えてくれる。

触れて欲しいところに指を這わせ、口づけて欲しいところに唇を寄せ、深く繋がりたいと願えば熱い楔をリリアナに打ち込んでくれる。

そして今日も、二人は裸で抱き合ったまま、享楽の中で呼吸を合わせる。

「デイモン……さ、ま……」

愛しい男の名を呼びながら、リリアナはシーツをぎゅっと握りしめ、迫り来る快楽に抗おうと全身を震わせていた。

うつ伏せで横たわり、猫のように腰を持ち上げた体位のまま、彼女はもう長いことデイモンのものを中に受け入れている。

（……もっと……ふかく……）

激しくして欲しいと思いながら頭を振ると、彼女の首に巻かれた首輪の鈴が揺れ、音を立てる。

そして鈴の音に導かれるように、デイモンがゆっくりとリリアナの上に身体を寄せてきた。もう既に彼も一度達しているせいか、重なった肌は汗ばみ焼けるように熱い。

その熱を感じていると、彼に激しくされたいという淫らな欲望が、リリアナの中で大きくなっていく。

「せかすな、ちゃんと与えてやる」

愉悦に震えるばかりで、リリアナはもう言葉も出せないのに、彼はしっかりと彼女の望みを把握していた。

リリアナの身体を掻き抱き、デイモンは腰と肌をぴたりと重ねる。

そしてより深く自身を突き入れてから、彼はゆっくりと腰を振り始めた。

既に大量の白濁を注いだあとなのに、彼のものは衰えることはなく、むしろ一度目より逞しさを増している。

勃起しきった陰茎は硬さを刻々と増し、リリアナの膣を押し広げていた。

「っ、ふぁ……」

凄まじい圧迫感に、リリアナは頤を反らせながら息を吐き出す。

彼のものが大きくなると、ひどく苦しい。でも初めてのときに感じた痛みはもうない。

彼が雄々しさを増し、中が埋め尽くされると、淫靡な愉悦が溢れ、それが苦しいのだ。

リリアナの洞は彼のために広がり、より感じるためにその形を覚えてしまっている。

隘路を抉られるたびに押し寄せる快楽のさざ波は、デイモンだけが与えてくれる甘い褒美だ。それを全身で受け止めながら、リリアナはデイモンの顔を見ようと首をひねる。

「ああそうか……。君は、向かい合わせが好きだったな……」

彼もまた余裕がないはずなのに、リリアナの願いを察したように、身体を抱き直す。

繋がったまま身体を反転させられると、それだけで甘い痺れが身体を駆け抜け、リリアナはデイモンのものを締めつける。

「くそッ、そんなに強く……くわえ込むな……」

熱い吐息と共に言葉を吐き出しながら、デイモンはリリアナと向かい合わせになり、折り重なるように肌を合わせた。

先ほどよりぐっと距離が近づき、リリアナは彼の胸に顔を埋める。

息を吸い込めば、デイモンの薫香に目眩がした。

コウランの香と彼の汗の匂いの混じったその香りは、この世で一番好きな匂いだ。

デイモンの香りを嗅ぎながら、自分よりも大きな身体に抱き締められていると、リリアナは幸せな気持ちになる。

それはデイモンも同じようだが、こうして身体を繋げていると、時折彼はほんの少しだけ苦しげな顔をする。

彼はまだこの幸せな時間に慣れないのだろう。穏やかな時間がいつ終わるかと怯え、そのせいで過去を思い出してしまうことがあると、前に打ち明けてくれたことがある。

だからリリアナは彼の身体をぎゅっと抱き締め、身を寄せるのだ。

彼がこれ以上悲しい気持ちにならないように、ただそれだけを願いながら背中を撫でると、デイモンの表情が柔らかく歪む。

「君と……果てたい……」

その願いはリリアナも同じで、二人は自然と息をあわせて高みへと上ってゆく。

デイモンが抽送を再開すると、リリアナは自らを貫く陰茎が抜けないようにと、腰をくねらせる。

彼のものが動くたび、一度目に注がれた白濁とリリアナの蜜が混じり合い、卑猥な水音が甘い調べを奏でる。グチュグチュと音を立てながら中を掻き回されていると、愛液の一部がリリアナの臀部に垂れ落ち、彼女の太ももとシーツを濡らしていく。

漏らしたようで恥ずかしい気持ちになるが、蜜を掻き出される感覚もまた、リリアナにとっては待ちわびていた褒美だ。

混じり合った愛の蜜は竿の滑りをよくし、デイモンの先端はいつもよりずっと奥に届いている。

「心地よいか？」

「は……はい、……でも、もっと……」

「激しく上り詰めたいというなら、叶えてやる」

はしたない懇願と共に全身を震わせていると、デイモンが陰路を強く穿つ。

身体が壊れてしまいそうなほどの激しさで突き上げられると、リリアナはあっという間に上り詰めていく。

「あぁっン――――!!」

直後、強く甘い痺れが火花のように弾け、リリアナは絶頂の訪れを全身で感じる。

首元の鈴が鳴るほど身体が強く震える。同時に、リリアナの内側がより深い快楽を得ようとうねり、デイモンのものを強くくわえ込んだ。

「……ッ、私も、耐えきれない――」

切迫した声と共に、リリアナの内部が激しい熱にあぶられる。

絶頂で思考の焼けたリリアナは、彼の言葉を捕らえることはできなかったが、注がれたものがデイモンの子種であると本能では感じていた。

与えられた熱を嚥下《えんげ》するように、洞を痙攣させながら、リリアナはうっとりと微笑む。

「リリアナ……」

中にすべてを注ぎ終えたデイモンが、愛おしさを滲ませた眼差しを向けてくる。

「果てる君を見ていると、幸せなのに、胸が苦しい」

なぜだろうなと微笑むデイモンを見て、リリアナは彼に縋り付いていた腕にほんの少しだけ力を入れる。

弱々しい力しか残っていなかったけれど、彼の首元に優しく口づけて、リリアナは最後の力を振り絞り、口を開いた。

「……きっと……私を、愛してくださっているからです……」

リリアナの声に目を見開き、それから彼はおずおずとリリアナを抱き直す。

「そうか……だから私は、おかしかったのか……」

そのままキスをされ、ゆっくり身体を撫でられると、心地よさのあまり意識が飛びそうになる。本当はもっと、彼の温もりを感じていたいのに、身体からは力が抜けてしまう。

そのまま甘い眠りに落ちようと思っていたのに、不意にデイモンが、予想外の独り言をぽつりと溢す。

「君をつけ回していたのも……愛していたからか」

「…………え？」

聞こえてきた言葉に、リリアナは思わず声を上げる。

（今、何か、ものすごい告白が聞こえた……気がする……）

彼の口から愛という言葉を初めて聞いたのに、それ以外の言葉が気になって、喜んでいいのか驚いていいのかわからない。

（つけ回していたって……いつからだろう……）

彼が発した言葉について、今すぐにでも問い詰めたいが、それ以上しゃべることはできそうもなかった。

（起きたらまた、デイモン様に驚かされることに……なりそう……）

彼の言葉に驚き、混乱し、あきれる未来が見えるが、そういう朝もリリアナは嫌いではない。

むしろ結構好きなのかもしれないとぼんやり考えながら、リリアナはデイモンの腕の中で、ゆっくりと意識を手放した。

エピローグ

リリアナが待ちわびた、行儀見習いとして過ごす最後の日――。

何かを壊すことも、窓の外に落ちることもなく仕事を終えた彼女は、ミラルダのもとを訪ねていた。

「行儀見習いも無事終えたし、デイモンとも上手くやっているようで良かったわ」

向けられた微笑みに、リリアナは大きく頷く。

「デイモン様とのことでは色々とご迷惑をおかけしました」

「いいのよ。それより、最近はどう？　デートはまともになった？」

「い、一応……」

リリアナの苦笑いを見て、ミラルダは楽しげに頬を緩ませる。

「迷惑だなんて思っていないから、何かあればいつでも相談して。今後も、あの子には苦労させられるだろうし」

ミラルダの言葉に、リリアナは乾いた笑いしか返せない。

「まあ、今のあなたなら一人でも大丈夫かもしれないけれど」

「どうでしょう。妻としても恋人としても、まだまだ至らないですし」

それにドジで間が悪いのは相変わらずで、そのことでデイモンに迷惑をかけることもあると、リリアナは素直に告白する。

「自分が至らないと理解しているのなら大丈夫よ。悲しいことだけれど、間の悪さは一生付きまとうし、きっと失敗はこれからもするわ。人にはどうやっても直せないものがあるのよ」

そしてそれはもう諦めるしかないと言われたとき、リリアナは自分のことだけでなくデイモンのことを思い出した。

「デイモン様も、ずっとこのままなのでしょうか」

地下牢での一件以来、大きな発作はまだ起きていない。

だが今も、彼は時折苦しそうに頭を押さえていることがある。

リリアナが優しく頭を撫でればたちどころに良くなるのだけれど、彼の変化がリリアナは少し心配だった。

「デイモンは前よりずっと感情が豊かになったわ……。でもそれが逆に、彼を苦しめることになるのかもしれないわね」

心が豊かになればなるほど、彼は罪を自覚していくだろうとミラルダは言う。

幸せを感じ、人を愛せるようになることは素晴らしいが、逆に自分が奪い、壊したものの大きさを知ることにもなるだろうとも。

(彼はまっすぐで純粋な人だから、きっとこれからもずっと傷つくのね……)

それは辛いことだし、そんな姿は見たくない。けれど彼の側にいるなら、見たくないと目を背けることはできない。

「でもきっと辛いことばかりじゃないわ。デイモンは愛する相手を見つけたんだもの」

リリアナの肩に手を置き、ミラルダは優しく言い聞かせた。

「間の悪いあなただからこそ、きっとデイモンが一番ひどいときに居合わせるのよ。でもそれが、彼には救いになる」

そうであって欲しいと、リリアナも思わずにはいられない。

おかしくなっていく姿はまだ少し恐ろしいけれど、自分がいることで彼が救われるなら、側にいたいと思うのだ。

「噂をしていたら、早速救いを求めにやってきたみたいよ?」

ミラルダがふっと微笑む。

えっと声を上げると、突然リリアナの背後の窓が開いた。

振り返る間もなく理由を悟り、リリアナはため息をつく。

「どうしていつもいつも窓から入ってくるのですか……」

呆れながら振り返るが、窓枠を軽々と飛び越えてくるデイモンの顔に反省の色はない。

（よくよく考えると、デイモン様の方がよっぽど猫っぽいわよね）

どんなところからも入ってくるし、予想が付かない行動をするし、リリアナが何度言っても聞きやしない。

「入り口に回る時間が惜しかった」

その上悪気がまったくないところも、完全に猫だ。

「それじゃあ、邪魔者は退散するわね」

楽しげに笑いながらミラルダが出て行くと、デイモンはリリアナを囲い込み頭にそっと頬を寄せる。

そんな彼を心の中でこっそり可愛いと思いつつも、それを口にすれば調子にのった彼が何をしでかすかわからないので自制する。

「今日は、お仕事ではなかったのですか？」

「もうすませた」

今日は銃の密売人を六人も逮捕したと軽い口調で報告してくる彼に、リリアナは目を見開いた。

「あっ……」

そのとき、リリアナはデイモンが腕に小さな傷を負っているのに気がついた。血が出ているが、どうやら本人は気づいていないらしい。

彼が血を見る前に素早くハンカチで傷を押さえると、そこで小さい笑い声が漏れた。

「大丈夫だ、血が出たのは知っている」

「本当に？　気分は悪くないですか？」

「少しおかしくなりかけたが、君のことを考えていたら平気だった」

リリアナに手当てをして欲しくて、走ってきたのだとデイモンは笑う。

「私ではなく、お医者様のもとに走ってください」

「医者よりも君が良かった」

甘い声で言われると怒ることもできないが、だからといってこのままにはできない。

「私は簡単な手当てしかできません。だからほら、お医者様のところに行きますよ」

リリアナが腕を引くと、途端にデイモンは不満げに眉をひそめた。子どものような表情を見ていると、呆れつつも少し安心する。

(確かに、デイモン様は最初に会ったときより表情が豊かになったわ)

近頃の彼は前よりずっと感情が顔に出る。そのおかげか、リリアナはどんな言葉を言えば彼が喜び、言うことを聞くかもわかり始めてきた。

「治療が終わったら、今日はずっとお側にいますから」

「ならば、妻の言うとおりにしよう」

まだ少し不満そうにしながらも、早く行こうと腕を引く彼にリリアナは苦笑する。

リリアナはデイモンと手を繋ぎ、ゆっくりと歩き出す。

かつて三歩歩けば転んでいた彼女だが、デイモンの側にいるときは不思議とあまり転ばない。

「あうっ……！」

ただそれでも三歩が三十歩になっただけでまったく転ばないというわけではない。だがそういうときは必ず、倒れる前にデイモンが支えてくれる。

「私の妻は、間の抜けた声まで可愛いな」

「い、いちいち言わないでください、ただでさえ恥ずかしいのに……！」

懇願したが、デイモンがそれを聞き入れるわけがない。

それに、可愛いと告げるデイモンの顔が嬉しそうなので、強くは言えない。

彼の甘い言葉にはまだまだ慣れない。けれどリリアナを褒めるとき、デイモンはいつも幸せそうだった。

その幸せな瞬間は、彼にとって貴重なものだから、立ち会えるのはとても嬉しい。

だからリリアナは恥ずかしさを堪え、自分を支えてくれる夫の胸に、そっと頬を寄せるのだった――。

【了】

あとがき

世の中は移り変わっていくのに、どうして私の趣味と性癖は変わらないのだろう――。

そんなことを思いつつ、今回も残念なイケメンを書いてしまいました。

ソーニャ文庫の隙間産業担当、八巻《はちまき》にのはです。


元号が変わるタイミングのせいか、はたまた昔遊んでいた大好きなゲーム（ゾンビが出たり、下水道でワニに襲われたりするゲーム）がリメイクされたせいか、最近よく自分の子ども時代に思いを馳せます。

私はいつから残念なイケメンが好きなんだろうと考え、「あれ、そういえば幼稚園のころから……」と気づいて、なんとも言えない気持ちになったりしています。

ちなみにマッチョとおっさんに目覚めたのは小学生のときだったと思います。（周りがジャニーズ系のアイドルにハマる中、私は一人『野猿』というおっさんのみで構成されたグループにハマっていました。ハマってすぐ、フナの歌を出して解散しちゃったけれど……）

月日は流れましたが、どうやら私はあの頃から何一つ成長しないまま、大人になってしまったようです。

そして書き手がそんな有り様なので、今回のヒーローも「まるで成長していない！」という言葉がぴったりのダメンズになりました。

あと、いつにも増して厨二要素満載になりました。

マッチョとおっさんに加え、悲惨な過去がある故に感情が乏しい……的なキャラが実は好きなんです。そんなキャラが、友情や恋によって人間性を得る展開が大好物なんです。

でもこの手のキャラが恋をすると、悲恋で終わることが多いので（それを見て子ども心に幸せにしたい！　と思っていたので）、今回はコミカルかつ糖度高めなお話にしてみました。

コミカルな方向が爆発しすぎて書き上げるのに四苦八苦し、編集のYさんには多大なるご迷惑をおかけしてしまいました。（というか、現在進行形で、迷惑をかけています）

いつにも増して至らないことが多く、本当に申し訳ございませんでした。

そしてイラストのアオイ冬子《ふゆこ》さんにも、この場を借りて感謝と謝罪を。

初めて一緒にお仕事をさせていただけたというのに、無茶ぶりばかりしてしまい本当に申し訳ありませんでした！

ヒーローの髪型や衣装、何の予告もなく「中華風で」とお願いしてしまったので大変だったと思います。

その上、全裸（＋薔薇の花びら）でヒロインを誘惑するという、とんでもないシーンの挿絵をオーダーされ、困惑されたことと思います。

数々の無茶ぶりにもかかわらず素敵に描いてくださり、本当に感謝しております。

表紙やラフを拝見したときは、あまりの素晴らしさに本気で机に突っ伏しました。

生きていて良かった、諦めずに書き上げて良かったと心の底から思いました。ありがとうございました！


そして最後に、この本を読んでくださった皆様。

本を手に取っていただけたこと、感謝してもしきれません。

皆様のおかげで、どうにかこうにか、小説を書きながら暮らすことが出来ております。

趣味も性癖も幼稚園のころから変化していない私ですが、作家としては少しずつ成長していきたいと思っているので、今後ともよろしくお願い致します。

それではまた、次の作品でお会いできると嬉しいです。

八巻にのは

この本を読んでのご意見・ご感想をお待ちしております。

◆ あて先 ◆

〒101-0051
東京都千代田区神田神保町2-4-7 久月神田ビル
㈱イースト・プレス　ソーニャ文庫編集部
八巻にのは先生／アオイ冬子先生

魅惑《みわく》の王子《おうじ》の無自覚《むじかく》な溺愛《できあい》

2019年3月5日　第1刷発行

著　　者　八巻《はちまき》にのは
イラスト　アオイ冬子《ふゆこ》
装　　丁　imagejack.inc
D　T　P　松井和彌
編集・発行人　安本千恵子
発　行　所　株式会社イースト・プレス
〒101-0051
東京都千代田区神田神保町2-4-7 久月神田ビル
TEL 03-5213-4700　　FAX 03-5213-4701
印　刷　所　中央精版印刷株式会社

©NINOHA HACHIMAKI 2019, Printed in Japan
ISBN 978-4-7816-9643-0
定価はカバーに表示してあります。
※本書の内容の一部あるいはすべてを無断で複写・複製・転載することを禁じます。
※この物語はフィクションであり、実在する人物・団体等とは関係ありません。

Sonya ソーニャ文庫の本

頼む、お前を護らせてくれ!!

運悪く殺人現場に遭遇した酒場の娘ハイネは、店の常連客で元騎士のカイルに助けられる。強面の彼を密かに慕っていたハイネは、震える自分を優しく抱きしめてくれる彼に想いが募る。やがてその触れ合いは二人の熱を高めてゆき、激しい一夜を過ごすことになるのだが——。

『強面《こわもて》騎士は心配性』 八巻にのは

イラスト DUO BRAND.

Sonya ソーニャ文庫の本

『英雄騎士の残念な求愛』　八巻にのは

イラスト DUO BRAND.

Sonya ソーニャ文庫の本

『妄想騎士の理想の花嫁』 八巻にのは

イラスト いずみ椎乃

Sonya ソーニャ文庫の本

『残酷王の不器用な溺愛』　八巻にのは

イラスト　氷堂れん

Sonya ソーニャ文庫の本

『限界突破の溺愛』 八巻にのは

イラスト 成瀬山吹